Marguerite Yourcenar

de l'Académie française

Mishima

ou

La vision du vide

Gallimard

Née en 1903 à Bruxelles d'un père français et d'une mère d'origine belge, Marguerite Yourcenar grandit en France, mais c'est surtout à l'étranger qu'elle résidera par la suite : Italie, Suisse, Grèce, puis Amérique où elle a vécu dans l'île de Mount Desert, sur la côte nord-est des États-Unis, jusqu'à sa mort en 1987.

Marguerite Yourcenar a été élue à l'Académie française le 6 mars 1980.

Son œuvre comprend des romans : *Alexis ou le Traité du Vain Combat* (1929), *Le Coup de Grâce* (1939), *Denier du Rêve*, version définitive (1959); des poèmes en prose : *Feux* (1936); en vers réguliers : *Les Charités d'Alcippe* (1956); des nouvelles : *Nouvelles orientales* (1963); des essais : *Sous Bénéfice d'Inventaire* (1962), *Le Temps, ce grand sculpteur* (1983), *En pèlerin et en étranger* (1989), des pièces de théâtre et des traductions.

Mémoires d'Hadrien (1951), roman historique d'une vérité étonnante, lui valut une réputation mondiale. *L'Œuvre au Noir* a obtenu à l'unanimité le Prix Femina 1968. *Souvenirs pieux* (1974), *Archives du Nord* (1977) et *Quoi? L'Éternité* (1988) forment le triptyque où elle évoque les souvenirs de sa famille et de son enfance.

L'Énergie est le délice éternel.

William Blake,
Le mariage du ciel et de l'enfer.

Si le sel perd sa saveur, comment la lui rendra-t-on ?

Évangile selon saint Matthieu,
chap. V, 13.

Mourez en pensée chaque matin, et vous ne craindrez plus de mourir.

Hagakure,
traité japonais du XVIIIe siècle.

Il est toujours difficile de juger un grand écrivain contemporain : nous manquons de recul. Il est plus difficile encore de le juger s'il appartient à une autre civilisation que la nôtre, envers laquelle l'attrait de l'exotisme ou la méfiance envers l'exotisme entrent en jeu. Ces chances de malentendu grandissent lorsque, comme c'est le cas de Yukio Mishima, les éléments de sa propre culture et ceux de l'Occident, qu'il a avidement absorbés, donc pour nous le banal et pour nous l'étrange, se mélangent dans chaque œuvre en des proportions différentes et avec des effets et des bonheurs variés. C'est ce mélange, toutefois, qui fait de lui dans nombre de ses ouvrages un authentique représentant d'un Japon lui aussi violemment occidentalisé, mais marqué malgré tout par certaines caractéristiques immuables. La façon dont chez Mishima les particules traditionnellement japonaises ont remonté à la surface et explosé dans sa mort fait de lui, par contre, le témoin, et au sens étymologique du mot, le martyr, du Japon héroïque qu'il a pour ainsi dire rejoint à contre-courant.

Mais la difficulté croît encore — de quelque pays et de quelque civilisation qu'il s'agisse —, quand la vie de l'écrivain a été aussi variée, riche, impétueuse, ou parfois savamment calculée que son œuvre, qu'on distingue dans l'une comme dans l'autre les mêmes défauts, les mêmes roueries et les mêmes tares, mais aussi les mêmes vertus et finalement la même grandeur. Inévitablement, un équilibre instable s'établit entre l'intérêt que nous portons à l'homme et celui que nous portons à ses livres. Le temps n'est plus où l'on pouvait goûter *Hamlet* sans se soucier beaucoup de Shakespeare : la grossière curiosité pour l'anecdote biographique est un trait de notre époque, décuplé par les méthodes d'une presse et de *media* s'adressant à un public qui sait de moins en moins lire. Nous tendons tous à tenir compte, non seulement de l'écrivain, qui, par définition, s'exprime dans ses livres, mais encore de l'individu, toujours forcément épars, contradictoire et changeant, caché ici et visible là, et, enfin, surtout peut-être, du *personnage*, cette ombre ou ce reflet que parfois l'individu lui-même (c'est le cas pour Mishima) contribue à projeter par défense ou par bravade, mais en deçà et au-delà desquels l'homme réel a vécu et est mort dans ce secret impénétrable qui est celui de toute vie.

Voilà bien des chances d'erreurs d'interprétation. Passons outre, mais rappelons-nous toujours que la réalité centrale est à chercher dans l'œuvre : c'est ce que l'auteur a choisi d'écrire, ou a été forcé d'écrire, qui finalement importe. Et, à coup sûr, la mort si préméditée de Mishima est l'une de ses œuvres. Néanmoins, un film comme *Patriotisme*, un récit comme la description du suicide d'Isao dans *Chevaux échappés*, jettent des lueurs sur la fin de l'écrivain et en partie l'expliquent, tandis que la mort de l'auteur tout au plus les authentifie sans les expliquer.

Certes, telles anecdotes d'enfance et de jeunesse, révélatrices, semble-t-il, valent d'être retenues dans un bref sommaire de cette vie, mais ces épisodes traumatisants nous viennent pour la plupart de *Confession d'un Masque*, et se retrouvent, éparpillés sous des formes différentes, dans des œuvres romanesques plus tardives, passés au rang d'obsessions ou de points de départ d'une obsession inverse, définitivement installés dans ce puissant plexus qui régit chez nous toutes les émotions et tous les actes. Il y a intérêt à voir ces fantasmes croître et décroître dans l'esprit d'un homme comme les phases de la lune au ciel. Et assurément, certains récits contemporains plus ou moins anecdotiques, certains jugements portés sur le vif, tout comme tel instantané imprévu, servent parfois à compléter, à vérifier ou à contredire l'autoportrait que Mishima lui-même a donné de ces incidents ou de ces moments-chocs. C'est pourtant grâce à l'écrivain seul que nous pouvons entendre leurs vibrations profondes, comme chacun de nous entend du dedans sa voix et le bruit de son sang.

Le plus curieux peut-être est que beaucoup de ces crises émotionnelles de l'enfant ou de l'adolescent Mishima naissent d'une image tirée d'un livre ou d'un film occidental auxquels le jeune Japonais né à Tokyo en 1925 a été exposé. Le petit garçon qui se déprend d'une belle illustration de son livre d'images parce que sa bonne lui a expliqué qu'il s'agissait, non d'un chevalier, comme il le croyait, mais d'une femme nommée Jeanne d'Arc, ressent le fait comme une duperie qui l'offense dans sa masculinité puérile : l'intéressant pour nous est que Jeanne lui ait inspiré cette réaction, et non pas l'une des nombreuses héroïnes du *Kabuki* déguisée en homme. Dans la scène célèbre de la première éjaculation devant une photographie du saint Sébastien de Guido Reni, l'excitant emprunté à la peinture baroque italienne se comprend d'autant mieux que l'art japonais, même dans ses estampes érotiques, n'a pas connu comme le nôtre la glorification du nu. Ce corps musclé, mais à bout de forces, prostré dans l'abandon presque voluptueux de l'agonie, aucune image de samouraï livré à la mort ne l'aurait donné : les héros du Japon ancien aiment et meurent dans leur carapace de soie et d'acier.

D'autres souvenirs-chocs sont au contraire exclusivement japonais. Mishima a fait un sort à celui du beau « ramasseur de sol nocturne », euphémisme poétique qui veut dire vidangeur, figure jeune et robuste descendant la colline à la lueur du soleil couchant. « Cette image est la première qui m'a tourmenté et effrayé toute ma vie. » Et l'auteur de *Confession d'un Masque* n'a sans doute pas tort de relier l'euphémisme mal expliqué à l'enfant avec la notion d'on ne sait quelle Terre à la fois dangereuse et divinisée [1]. Mais n'importe quel enfant européen pourrait s'éprendre de la même manière d'un solide jardinier dont l'activité toute physique et le vête-

1. Notons qu'en anglais américain, le mot *dirt* (saleté) est aussi le mot courant pour terre végétale, humus, terre enfin au sens où l'emploie un jardinier. *Put a little more dirt in this flower pot :* Mettez un peu plus de terre dans ce pot de fleurs.

ment laissant deviner les formes du corps le changent d'une famille trop correcte et trop empesée. Allant dans le même sens, mais bouleversante comme la ruée qu'elle décrit, la scène de l'enfoncement des grilles du jardin, le jour d'une procession, par les jeunes porteurs de palanquins chargés de divinités shinto, chaloupées d'un côté à l'autre de la rue sur ces vigoureuses épaules ; l'enfant confiné dans l'ordre ou le désordre familial sent pour la première fois, effaré et grisé, passer sur lui le grand vent du dehors ; tout y souffle de ce qui continuera à compter pour lui, la jeunesse et la force humaines, les traditions perçues jusque-là comme un spectacle ou une routine, et qui brusquement prennent vie ; les divinités qui reparaîtront plus tard sous la forme du « Dieu Sauvage » dont l'Isao de *Chevaux échappés* devient l'incarnation, et plus tard encore dans *L'Ange pourrit*[1], jusqu'à ce que la vision du grand Vide bouddhique efface tout.

Déjà, dans ce roman de débutant, *La Soif d'aimer*[2], dont le protagoniste est une jeune femme à demi folle de frustration sensuelle, l'amoureuse jetée au cours d'une procession orgiastique et rustique contre le torse nu du jeune jardinier trouve dans ce

1. Le titre anglais est *The Decay of the Angel*. Le dictionnaire français donne pour *decay : déclin, décadence*, beaucoup trop faibles pour un mot qui veut dire aussi *pourrissement*, et auquel l'*Oxford English Dictionary* donne pour équivalent *Rot*. Un ami anglo-saxon fort lettré me suggère *L'Ange pourrit* (au présent du verbe), équivalence hardie, mais qui va exactement dans le sens du livre. Le titre de la traduction est paru aux Éditions Gallimard est : *L'Ange en décomposition*, bon lui aussi d'ailleurs.

2. Paru aux Éditions Gallimard en 1982, sous le titre : *Une soif d'amour*.

contact un moment de violent bonheur. Mais c'est surtout dans *Chevaux échappés* que ce souvenir reparaîtra, décanté, presque fantomal, comme ces crocus d'automne qui poussent une abondance de feuilles au printemps et reparaissent, inattendus, grêles et parfaits, dans l'arrière-saison, sous la forme de jeunes hommes tirant et poussant avec Isao les tombereaux de lys sacrés cueillis dans l'enceinte d'un sanctuaire, et que Honda, le voyeur-voyant, regarde, comme Mishima lui-même, à travers une perspective de plus de vingt ans.

Entre-temps, l'écrivain avait expérimenté une fois en personne ce délire d'effort physique, de fatigue, de sueur, d'emmêlement joyeux à une foule, quand il s'était décidé à prendre lui aussi le bandeau frontal des porteurs de palanquins sacrés au cours d'une procession. Une photographie le montre très jeune encore, et pour une fois très rieur, le kimono de coton ouvert sur la poitrine, pareil en tout à ses camarades de fardeau. Seul, un jeune Sévillan d'il y a quelques années, à l'époque où le tourisme organisé n'avait pas pris le pas sur la fièvre religieuse, aurait pu connaître quelque chose de la même ivresse en affrontant l'une contre l'autre dans les blanches rues andalouses la plate-forme de la Macareña et celle de la Vierge des Gitans. De nouveau, la même image orgiastique reparaît, mais cette fois notée par un témoin, celle de Mishima durant l'un de ses premiers grands voyages, hésitant deux nuits devant le magma humain du Carnaval de Rio, et ne se décidant que le troisième soir à plonger dans cette masse lovée et malaxée par la danse. Mais important surtout est ce moment initial de refus ou de peur, qui sera aussi celui de Honda et de Kiyoaki fuyant les cris sauvages des escrimeurs du *kendo*, qu'Isao et Mishima lui-même pousseront plus tard à pleins poumons. Dans tous les cas, repliement ou crainte précède l'abandon désordonné ou la discipline exacerbée, qui est la même chose.

L'usage est d'ouvrir une esquisse de ce genre par la mise en place du milieu de l'écrivain ; si je ne l'ai pas suivi, c'est que ce fond n'importe guère, tant qu'on n'a pas vu sur lui se profiler au moins la silhouette du personnage. Comme toute famille échappée depuis quelques générations déjà à l'anonymat populaire, celle-ci frappe surtout par l'extraordinaire variété de rangs, de groupes et de cultures s'entrecroisant dans ce milieu qui du dehors semble relativement facile à cerner. En fait, comme tant de familles grandes-bourgeoises de l'Europe du même temps, la lignée paternelle de Mishima ne se détache guère de la paysannerie qu'au début du XIXe siècle pour accéder aux diplômes universitaires, alors rares encore et fort prisés, et à des postes plus ou moins élevés de fonctionnaires d'État. Le grand-père fut gouverneur d'une île, mais prit sa retraite à la suite d'une affaire de corruption électorale. Le père, employé de ministère, fait figure de bureaucrate morose et rangé, compensant par sa vie circonspecte les imprudences de l'aïeul. On ne voit guère de lui qu'un seul geste, qui étonne : à trois reprises, au cours de promenades à travers champs, le long d'une voie ferrée, il éleva, nous dit-il, l'enfant dans ses bras à un mètre à peine de l'express fonçant furieusement, laissant souffleter le petit par ces tourbillons de vitesse, sans que celui-ci, déjà stoïque ou plutôt pétrifié, jette un cri. Curieusement, ce père peu aimant, qui aurait préféré voir faire à son fils une carrière dans le fonctionnariat plutôt que dans la littérature, fait subir à l'enfant une épreuve d'endurance du genre de celles que Mishima allait plus tard s'imposer à lui-même[1].

La mère a des contours plus nets. Issue d'une de ces familles de pédagogues confucéens qui représentent traditionnellement la moelle même de la logique et de la moralité japonaises, elle fut d'abord quasiment privée de son tout jeune fils au profit de l'aristocratique aïeule paternelle, mal mariée au gouverneur d'île. Ce n'est que plus tard qu'elle aura l'occasion de récupérer l'enfant ; elle s'intéressera par la suite à ses travaux littéraires d'adolescent grisé de littérature ; c'est pour elle qu'à l'âge de trente-trois ans, tardif au Japon pour songer au mariage, il se décidera à faire appel à un intermédiaire à l'ancienne mode, afin que cette mère, qu'on croyait à tort cancéreuse, n'ait pas le regret de disparaître sans voir assurer la lignée. La veille de son suicide, il fit à ses parents ce qu'il savait être un

1. On remarquera que je ne fais aucune place aux interprétations psychiatriques ou psychanalytiques, d'abord, parce qu'elles ont souvent été tentées, ensuite, parce qu'elles prennent presque inévitablement sous une plume non spécialisée un air de « psychologie de drugstore ». De toute façon, on est ici sur d'autres lancées.

dernier adieu dans leur maisonnette purement nippone, modeste annexe de sa voyante villa à l'occidentale. La seule remarque importante qu'on possède à cette occasion est celle de la mère, typique de toute sollicitude maternelle : « Il avait l'air très fatigué... » Simples mots qui rappellent combien ce suicide a été, non comme le croient ceux qui n'ont jamais pensé pour eux-mêmes à telle conclusion, l'équivalent d'un flamboyant et presque facile beau geste, mais une montée exténuante vers ce que cet homme considérait, dans tous les sens du mot, comme sa fin propre.

La grand-mère, elle, est un personnage. Sortie d'une bonne famille de samouraïs, arrière-petite-fille d'un daïmio (autant dire d'un prince), apparentée même à la dynastie des Tokugawa, tout un Japon ancien, mais déjà en partie oublié, persiste en elle sous la forme d'une créature maladive, un peu hystérique, sujette aux rhumatismes et à des névralgies crâniennes, mariée sur le tard, faute de mieux, à un fonctionnaire de moindre rang [1]. Cette inquiétante, mais émouvante aïeule semble avoir vécu dans ses appartements, où elle confinait le petit, d'une vie de luxe, de maladie et de songe, éloignée en tout de l'existence bourgeoise dans laquelle se cantonnait la génération suivante. L'enfant plus ou moins séquestré couchait dans la chambre de sa grand-mère, assistait à ses crises nerveuses, avait

1. Le père de Mishima, dans un déplaisant écrit de son cru publié après la mort de l'écrivain, mentionne qu'une partie des maux de l'aïeule auraient été dus à une maladie vénérienne transmise par le trop joyeux gouverneur d'île. Une allusion de Mishima lui-même va aussi dans ce sens.

appris de bonne heure à panser ses plaies, la guidait quand elle se rendait aux toilettes, portait les vêtements de fille que par caprice elle lui faisait quelquefois mettre, assistait grâce à elle au spectacle rituel du *Nô* et à ceux, mélodramatiques et sanglants, du *Kabuki* qu'il devait émuler plus tard. Cette fée folle a sans doute mis en lui le grain de démence jugé naguère nécessaire au génie ; elle lui a en tout cas procuré ces rallonges de deux générations, parfois davantage, que possède en deçà de sa naissance un enfant ayant grandi près d'une vieille personne. À ce contact précoce avec une âme et une chair malades, il dut peut-être, leçon essentielle, sa première impression de *l'étrangeté* des choses. Mais surtout, il lui dut l'expérience d'être jalousement et follement aimé, et de répondre à ce grand amour. « À huit ans, j'avais une amoureuse de soixante ans », a-t-il dit quelque part. Un pareil commencement est du temps gagné.

Que l'enfant qui allait devenir Mishima ait été plus ou moins traumatisé par cette bizarre ambiance, comme le soulignent des biographes orientés vers la psychologie de nos jours, nul ne le dénie. Peut-être, sans qu'on s'étende également là-dessus, a-t-il été plus froissé et plus blessé encore par la gêne financière, résultat des frasques du grand-père, par l'indéniable médiocrité du père, et par les « plates querelles de famille » qu'il évoque lui-même, ce pain quotidien de tant d'enfants. La folie, la décomposition lente, et l'amour désordonné d'une vieille femme malade sont au contraire ce qu'un poète irait chercher dans cette vie de poète, un premier tableau en pendant à celui, bref et brutal, de la mort.

Il n'est pas vrai que ses autres ancêtres paternels aient appartenu, comme il aimait le croire, au clan militaire des samouraïs dont il adopta vers la fin l'éthique héroïque. Il semble qu'on ait là un exemple de ces anoblissements qu'un grand écrivain, comme Balzac, et jusqu'à un certain point Vigny, ou même Hugo évoquant de vagues aïeux rhénans, se confère parfois à soi-même. En fait, le monde de fonctionnaires et de pédagogues dont Mishima sortait semble avoir plus ou moins en charge l'idéal de fidélité et d'austérité des samouraïs d'autrefois, sans toujours s'y astreindre en pratique, comme le grand-père en fit preuve. Mais c'est évidemment grâce au style et aux traditions de son aïeule que Mishima fait revivre dans le comte et la comtesse Ayakura de *Neige de printemps* une aristocratie déjà moribonde. En France aussi, il est banal que l'imagination de l'écrivain du XIXe siècle s'éveille aux fantasmagories du Gotha par le contact d'une femme vieillie, mais le cas type a été surtout celui des rapports d'un jeune homme avec une maîtresse déjà sur l'âge : Balzac a recréé le grand monde d'après l'image que lui en tendaient, comme un éventail seulement entrouvert, Madame de Berny et Madame Junot. Le Marcel de Proust exprime d'abord sa soif d'une société aristocratique par une fixation romanesque sur Madame de Guermantes, d'au moins vingt ans son aînée. Ici, c'est le lien presque charnel petit-fils-grand-mère qui met en contact l'enfant avec un Japon d'antan. Par un renversement point rare en littérature, la grand-mère, dans *Neige de printemps*, est aussi un personnage excentrique par rapport à l'axe familial des

Matsugae, mais elle représente la souche rustique au sein d'une noblesse en voie d'ascension ; cette robuste vieille qui refuse la pension que l'État lui alloue pour ses deux fils morts à la guerre russo-japonaise, « parce qu'ils n'ont fait que leur devoir », incarne une loyauté paysanne que les Matsugae ont laissée tomber. Le délicat Kiyoaki est son préféré comme le frêle Mishima l'a été de sa grand-mère ; il sort de toutes deux une bouffée d'un autre temps.

Récit presque clinique d'un cas particulier, *Confession d'un Masque* offre en même temps l'image de la jeunesse entre 1945 et 1950, non seulement au Japon, mais un peu partout, et vaut encore jusqu'à un certain point pour la jeunesse d'aujourd'hui. Court chef-d'œuvre tout ensemble de l'angoisse et de l'atonie, ce livre n'est pas sans faire penser, en dépit du sujet différent et de sa position sur la carte, à *L'Étranger* à peu près contemporain de Camus ; j'entends par là qu'il contient les mêmes éléments d'autisme. Un adolescent assiste, sans les comprendre, à supposer qu'il y ait à comprendre, à des désastres sans précédent dans l'histoire, quitte l'Université pour l'usine de guerre, rôde dans les rues incendiées comme il l'eût fait, du reste, s'il avait vécu à Londres, à Rotterdam, ou à Dresde, au lieu de vivre à Tokyo. « On serait devenu fou si cela avait continué. » Ce n'est qu'après le décantage de vingt ans de souvenirs que s'étalera dans toute son ampleur sous les yeux de Honda, grotesquement affublé des bandes molletières d'auxiliaire civil, qu'il ne sait pas porter, le panorama d'un Tokyo aux poutres calcinées et aux conduites d'eau tordues ; l'emplacement impossible à reconnaître de ce qui a été jadis le parc somptueux, loti entre-temps, des Matsugae ; et, sur un banc, pareille à une vieille des cauchemars de Goya, la geisha quasi nonagénaire qui fut jadis une « nourrice de Juliette » pour l'amante de Kioyaki, plâtrée, épilée, perruquée, affamée par surcroît, et venue elle aussi revoir de près ce qui n'existe plus.

Le tracé ci-dessus laisse de côté le centre même du livre, les incidents de l'enfance et de la puberté du personnage, discutés plus haut à propos de Mishima lui-même, ce petit ouvrage étant l'un des très rares où l'on a l'impression d'une autobiographie prise sur le vif, avant que l'élaboration romanesque soit intervenue. Comme il est peut-être naturel dans toute autobiographie sincère écrite courageusement par un homme de vingt-quatre ans, l'érotisme envahit tout. Ce récit de la torture par le désir frustré, et encore inconscient à demi, pourrait également se situer n'importe où dans la première moitié du XXe siècle, ou bien entendu plus tôt. Le besoin presque paranoïaque de « normalisation », l'obsession de la honte sociale, dont l'ethnologue Ruth Benedict a si bien dit qu'elle avait remplacé dans nos civilisations celle du péché, sans vrai profit pour la liberté humaine, y sont illustrés presque à chaque page, comme ils ne l'eussent pas été dans un Japon ancien, plus détendu sur certains sujets, ou se conformant à d'autres normes. Bien entendu, aussi, le personnage, symptôme classique, se croit seul au monde à éprouver ce qu'il éprouve. Classique jusqu'au bout, ce jeune garçon encore chétif, ni aussi haut coté socialement ni aussi riche que ses condisciples de l'École des Pairs, où il est entré de justesse, s'éprend en silence et de loin du plus adulé et du plus athlétique élève : c'est l'éternelle situation Copperfield-Steerforth, avec plus d'audace en ce qui concerne les fantasmes amoureux, puisque de toute façon il ne s'agit ici que de fantasmes. Le rêve éveillé au cours duquel le bien-aimé sert aux apprêts d'un festin anthropophagique n'offre pas précisément une image agréable, mais il suffit d'avoir lu Sade, Lautréamont, ou plus pédantesquement de se référer aux dévots de la Grèce antique se partageant la chair crue et le sang de Zagreus pour constater que le souvenir d'un sauvage rite de Dévorants flotte encore un peu partout dans l'inconscient humain, repêché seulement par quelques poètes assez audacieux pour le faire. Le folklore japonais, d'autre part, est si plein de *prêtas*, fantômes affamés engloutissant les morts, que cette fantaisie lugubre fait penser à eux, et aussi à l'un des admirables *Contes du clair de lune et de la pluie*, composés au XVIIIe siècle par Uyeda Akinari, « Le démon », dans lequel un prêtre nécrophile et anthropophage est guéri et sauvé par un confrère Zen. Ici, nulle guérison et nulle salvation ne se produit pour le jeune rêveur, sauf sans doute l'habituelle et lente résorption des fantasmes de l'adolescence aux abords de l'âge adulte.

La liaison hésitante, et qui n'aboutit pas, du héros de *Confession d'un Masque* et de son amie d'enfance, mariée à un autre homme, leurs rencontres toujours un peu fortuites ou quasi furtives dans la rue ou dans les cafés, pourrait, elle aussi, suivre son cours à Paris ou à New York aussi bien qu'à Tokyo. Cette jeune Japonaise, elle-même mal installée dans la vie, parle de se faire baptiser, comme une jeune Américaine de nos jours parlerait de faire du Zen. Nous reconnaissons aussi le coup d'œil furtif jeté par le jeune homme, un peu las de sa gracieuse et assez fade compagne, sur les beaux truands assemblés au bar. Le livre finit sur cette indication.

Avant *Confession d'un Masque*, Mishima n'avait connu que quelques succès d'estime. Son premier livre, *La Forêt en fleur*, œuvre de sa seizième année, avait été inspiré par l'antique Japon poétique; de temps à autre, des nouvelles sur le même sujet et dans la même manière allaient se glisser jusqu'au bout dans cette production de plus en plus « résolument moderne ». Sa connaissance du Japon classique était, nous dit-on, supérieure à celle de la plupart de ses contemporains, les érudits bien entendu exceptés. Sa familiarité avec les littératures européennes n'était pas moindre. Il en lit les classiques, avec, semble-t-il, une prédilection pour Racine[1]. Il se met au grec à son retour de Grèce et

1. Peu avant sa mort, il paraîtra une dernière fois sur la scène en tant que comparse (l'un des gardes) dans une traduction de *Britannicus* qu'il avait supervisée. Henry Scott-Stokes, dans sa biographie de Mishima, New York, 1974, note que les trois autres gardes ont, d'après une photographie, l'air déguisé et quelque peu vacant, si fréquent chez des comparses accoutrés en soldats. Mishima seul a les traits durs et l'attitude qui conviennent.

s'en enrichit assez pour infuser à ce court chef-d'œuvre qu'est *Le Tumulte des flots* des qualités d'équilibre et de sérénité qu'on est convenu de croire grecques. Surtout, il a pratiqué la littérature moderne européenne, des précontemporains, comme Swinburne, Wilde, Villiers ou D'Annunzio, jusqu'à Thomas Mann, Cocteau, Radiguet dont la précocité, et sans doute la fin en pleine jeunesse, l'éblouissent[1]. Il mentionne Proust et cite André Salmon dans *Confession d'un Masque*, et c'est dans les ouvrages déjà quelque peu surannés du Docteur Hirschfeld qu'il va chercher un catalogue de ses propres pulsions sensuelles. Il semble s'être longtemps, et parfois jusqu'au bout, raccordé surtout

1. Les deux noms évoqués le plus souvent par certains critiques au sujet de Mishima sont ceux de D'Annunzio et de Cocteau, et rarement sans une certaine intention de dénigrement. Dans les deux cas, sur certains points, des rapports existent. D'Annunzio, Cocteau, Mishima, sont de grands poètes. Ils surent aussi organiser leur publicité. Chez D'Annunzio, le style à la grande manière baroque peut se comparer à celui de Mishima, surtout dans certains premiers livres, inspirés par les raffinements de l'époque Heian ; le goût d'annunzien des sports ressemble, au moins superficiellement, à la passion de reforger son corps par une discipline athlétique ; l'érotisme, mais non le donjuanisme de D'Annunzio, se retrouve chez Mishima et plus encore son goût de l'aventure politique, qui mènera l'un à Fiume, l'autre à la protestation publique et à la mort. Mais Mishima échappe à ces longues années de réclusion et de « chambrage » camouflé sous les honneurs, qui font de la fin de D'Annunzio une dérisoire tragi-comédie. Par son extraordinaire versatilité, Cocteau ressemble peut-être davantage à Mishima, mais l'héroïsme (sauf cet héroïsme secret du poète qu'il ne faut jamais oublier) n'a pas été une de ses caractéristiques. De plus (et la différence est grande) l'art de Cocteau tient du sorcier, celui de Mishima du visionnaire.

aux littérateurs de l'Europe, moins par le fond, qui souvent renforce et confirme le sien, que par ce qu'ils lui apportent de neuf et d'insolite dans la forme. Entre 1949 et 1961, ou même plus avant comme nous l'allons voir, la facture de ses plus grands livres, et aussi d'autres, moins bons, sera plus européenne (mais non américaine) qu'elle n'est japonaise.

À partir de l'éclatant succès de *Confession d'un Masque*, l'écrivain est né; il est désormais, pour de bon, Yukio Mishima[1]. Il a renoncé au poste de bureaucrate que lui avait fait accepter son père; ce dernier, convaincu par les relevés de droits d'auteur, a cessé de déplorer les audaces du livre. Il entre donc dans son rôle d'écrivain brillant et inégal, presque trop doué, fécond à l'excès, moins par complaisance ou laisser-aller, que parce qu'il s'agit de gagner largement de quoi vivre pour soi et les siens, et qu'il n'y parviendra qu'en s'adonnant à mi-temps à la littérature alimentaire destinée aux magazines à grand tirage et aux revues féminines. Ce mélange de mercantilisme et de génie littéraire n'est pas rare. Non seulement Balzac a eu sa période de romans de subsistance tombés dans l'oubli, mais encore est-il impossible de discerner, dans la masse énorme de *La Comédie Humaine*, entre l'invention due au besoin de gonfler les ventes et le puissant délire créateur. La même ambivalence existe chez Dickens : la petite Nell, le petit Dombey, l'angélique

1. Le vrai nom était Kimitake Hiraoka. Le pseudonyme fut choisi par l'écrivain adolescent dès son premier ouvrage, *La Forêt en fleur*. Mishima est le nom d'une petite ville au pied du Mont Fuji; la résonance du prénom Yukio fait songer à la neige.

Florence, Édith et son adultère projeté (projeté, mais non accompli, car il ne faut pas choquer les lecteurs), les remords de Scrooge et les innocentes joies du petit Tim naissent à la fois du désir d'offrir à l'honnête bourgeoisie liseuse de romans une pâture à son goût et de donner libre cours à des pouvoirs quasi visionnaires.

L'habitude de publier en feuilletons les romans, courante dans l'Europe du XIXe siècle, et de rigueur encore dans le Japon de Mishima, les exigences, en pareil cas, des directeurs de journaux précédant celles des éditeurs et du public lui-même, ont souvent fortement poussé à cette commercialisation du produit littéraire. Même ces solitaires-nés qu'étaient Hardy et Conrad, à peu près dénués d'affinités avec la subculture de leur temps, ont consenti à dénaturer certains ouvrages dans le sens du goût populaire; tels grands romans, comme *Lord Jim*, ont été de toute évidence composés en hâte et compulsivement jusqu'au bout, tout ensemble pour traduire l'image la plus profonde qu'un homme se fait de la vie et pour payer à temps les factures d'un ménage bourgeois. Il semble que l'écrivain jeune et encore obscur n'ait pas le choix, et que, le succès venu, le pli soit irrémédiablement pris. Tout au plus peut-on dire, en ce qui concerne les très grands, que ces nécessités d'argent qui vont presque toujours à l'encontre de l'œuvre d'art ont forcé la main à l'habituelle inertie du rêveur, et contribué à faire de leur œuvre ce vaste magma qui ressemble à la vie.

Le cas de Mishima diffère quelque peu. Ce flot lucratif a été canalisé, dirait-on, par une sévère discipline. Tout comme, maladif et cru tuberculeux dans sa première jeunesse, l'écrivain japonais, quelles que fussent les occupations et les distractions dont fourmillait sa vie, accorda chaque jour deux heures aux exercices physiques destinés à restructurer son corps ; cet homme que les flots d'alcool des bars et des soirées littéraires ne parvenaient pas à griser s'enferma dans son bureau, sur le coup de minuit au plus tard, pour consacrer deux heures à ses textes de fabrication courante, élevant ainsi à trente-six le chiffre des volumes de ses œuvres complètes, alors que pour sa gloire six ou sept auraient suffi. Ce qui restait de la nuit et les heures du petit jour étaient ensuite consacrés à « ses livres ». Il semble impossible que le médiocre, le factice, le préfabriqué de la littérature produite à l'usage des masses lisantes, mais non pensantes, qui s'attendent à ce que l'écrivain lui renvoie l'image qu'elles se font du monde, contrairement à ce à quoi son propre génie l'oblige, n'envahissent pas souvent les œuvres véritables, et c'est un problème que nous aurons à résoudre à propos de *La Mer de la Fertilité*. Mais l'expérience parallèle n'a jamais été faite : aucune des œuvres prévues pour la consommation courante n'ayant jamais été traduite, nous ne pouvons, et sans doute serait-il de toute façon fastidieux de le faire, chercher dans ce fatras des thèmes mieux traités ailleurs, une image éclatante ou nette, un épisode chaud de vérité qui pourrait y être tombé comme par hasard et était fait pour demeurer dans les « vraies œuvres ». Il semble difficile qu'il en aille autrement.

Il ne s'agit pas d'épuiser un à un les quelques romans, de types variés, mais pour la plupart d'une qualité ou d'un intérêt indéniable, qui s'intercalent entre *Confession d'un Masque* et les débuts de ce « grand dessein » qu'a été pour Mishima *La Mer de la Fertilité*. Le théâtre aussi ne sera que brièvement traité ; et le seul roman littéraire de Mishima qui ait été un échec, *La Maison de Kyoko*, sera passé sous silence, par la force des choses, puisqu'il n'a été traduit dans aucune langue européenne. Ces œuvres en apparence disparates, qui auraient suffi à faire à leur auteur une place élevée dans la production de son temps, jalonnent les chemins par lesquels un grand écrivain passe avant d'affronter uniquement, et d'exprimer avec l'ampleur nécessaire, ses quelques thèmes essentiels, qui d'ailleurs, à y regarder de près, perçaient déjà dans ses premières œuvres.

Par le souci d'accrocher le tableau à un fait divers contemporain à peine modifié, certains de ces récits du jeune Mishima appartiennent à la catégorie très rare du présent happé à l'instant même : on retrouvera jusqu'au bout chez lui ce besoin de fixer sur-le-champ l'actualité qui passe. D'autres glissent parfois au reportage, ou, ce qui est pis, à l'élaboration romanesque accomplie trop vite. Dans presque tous, la facture européenne domine, qu'il s'agisse du réalisme lyrique de *La Soif d'aimer* ou du *Pavillon d'or* ou de ce dessin à l'emporte-pièce qu'est *Le Marin rejeté par la mer*. On dirait presque que, jusqu'à l'âge d'environ quarante ans, cet homme que la guerre n'avait pas touché — il le croyait du moins[1] — accomplit en soi l'évolution qui a été celle du Japon tout entier, vite passé de l'héroïsme des champs de bataille à l'acceptation passive de l'occupation, reconvertissant ses énergies dans le sens de cette autre forme d'impérialisme que sont l'occidentalisation à outrance et le développement économique coûte que coûte. Les photographies d'un Mishima en smoking ou en jaquette, coupant la première tranche de son gâteau de noces à l'*International House* de Tokyo, sanctuaire du Japon américanisé, ou encore d'un Mishima donnant des conférences en impeccable complet d'homme d'affaires, persuadé qu'un intellectuel se doit d'être l'égal d'un banquier, sont caractéristiques de leur temps. Mais les obsessions, les passions, les dégoûts de l'adolescence et de l'âge adulte continuaient à creuser sous la surface et dans les livres des cavernes devenues labyrinthiques. La photographie du Mishima-Saint Sébastien n'est pas loin ; celle de l'homme mâchonnant une énorme rose qui semble, en retour, lui dévorer le visage, n'est pas loin non

1. Il a dit lui-même que la mort de sa sœur, âgée de seize ans, emportée par le typhus en 1943, le bouleversa bien davantage.

plus. Et je réserve pour la dernière page de cet essai une photographie plus traumatisante encore.

Couleurs interdites est un roman d'apparence si bâclée qu'on le soupçonne presque de s'être évadé de la « production commerciale », du seul fait de son sujet. Comme toujours, chez Mishima, les calculs y abondent, mais pour aboutir à des sommes qui semblent erronées. Nous sommes dans les milieux « gais » du Japon d'après-guerre, mais la présence de l'occupant n'est vue qu'à travers quelques rares fantoches cherchant leur plaisir ; la fête de Noël quasi sacrilège donnée à grand renfort de whisky par un Américain richissime pourrait se passer dans le New Jersey aussi bien qu'à Yokohama. Le bar où se nouent et se dénouent les intrigues est semblables à tous les bars. Yuichi, le jeune homme-objet, passe à travers d'invraisemblables imbroglios, poursuivi par des pantins des deux sexes. Peu à peu, nous nous apercevons que ce roman-reportage est un roman-conte. Un illustre et riche écrivain, exaspéré par les infidélités de son épouse, se sert de Yuichi comme d'un instrument de vengeance contre les hommes et les femmes[1]. L'histoire a un dénouement heureux à son niveau propre : Yuichi hérite d'une fortune et va, joyeux, se faire cirer les souliers.

Comme nous le verrons à propos, entre autres, du troisième volume de *La Mer de la Fertilité*, notre

1. Il faut noter à ce propos, dans ce livre privé de toute poésie romantique, un détail d'une beauté tragique à peine soutenable : l'illustre écrivain, en présence du cadavre de l'infidèle qui s'est jetée dans la rivière, pose sur le visage de la morte un masque de *Nô* que la chair boursouflée déborde de toutes parts.

gêne naît d'une incertitude : l'auteur est-il complice de la veulerie de ses personnages, ou jette-t-il sur eux le regard détaché du peintre ? La réponse n'est pas simple à faire. Le romancier ne revêt pas les milieux qu'il décrit de la poésie fuligineuse d'un Genet. Certaines notations font songer aux légers croquis du *Satiricon* : faciles camaraderies avec paquet de cigarettes et boîte d'allumettes placés sous l'oreiller, échanges de propos inspirés par les journaux de sport, vanteries de performances sportives qui rappellent la classe de gymnastique à l'école. Deux scènes centrées sur la condition féminine vont plus loin : l'une, où Yuichi conduit chez un gynécologue sa jeune femme (car il est marié, c'est là l'une des astuces du magicien) pour obtenir confirmation de la première grossesse de celle-ci, et les compliments à la fois plats et naïfs du célèbre docteur au parfait jeune couple. Dans l'autre, Yuichi, qui a reçu accès dans la salle d'accouchement, assiste au long travail de sa femme. « Le bas de son corps semblait faire des efforts pour vomir[1]. » Les organes féminins, qui n'avaient paru jusque-là au jeune homme qu'une « poterie creuse », révèlent sous le scalpel de l'opération césarienne leur vérité de chair et de sang. Scène initiatique, comme toute mort et toute naissance, que les conventions partout s'arrangent pour couvrir d'un drap, ou dont elles nous détournent discrètement les yeux.

Comparé à ce roman grinçant, comme on dit que grincent les roues d'une voiture mal graissée, *Le*

1. Mishima se resservira de la même image pour la tragique description du *seppuku* dans *Patriotisme*. Le ventre ouvert laissant échapper les entrailles semble aussi vomir.

Pavillon d'or est une sorte de chef-d'œuvre. Peut-être, en dépit de ce qui semble une excellente traduction française, s'en rend-on compte surtout à la relecture, quand on a replacé l'ouvrage dans l'œuvre entière, où il s'inscrit comme à l'intérieur d'une polyphonie. Comme tant de fois chez Mishima, l'affabulation est branchée sur l'immédiat et l'actuel, voire le fait divers : en 1950, un jeune moine faisant son noviciat au temple du Pavillon d'or, lieu saint renommé pour sa beauté architecturale et son site sur la berge d'un lac, aux abords de Kyoto, mit le feu au bâtiment vieux de près de cinq siècles et tout empreint des souvenirs glorieux du temps de Yoshimitsu. Le Pavillon fut réédifié par la suite, tandis que Mishima, à l'aide des pièces du procès, reconstruisait de son côté les motifs et la démarche du crime. Typiquement, des motivations du coupable, auxquelles semblent avoir eu part l'ambition frustrée et la rancune, l'écrivain ne retient qu'une seule : la haine du Beau, l'exaspération devant ce bijou trop vanté qu'est le Pavillon d'or, figé dans sa perfection séculaire. Comme ce fut le cas pour l'incendiaire de chair et d'os, son bégaiement et sa laideur isolent le novice de l'amitié humaine : brimé et moqué, il n'a pour compagnons qu'un garçon candide dont les parents camoufleront en accident le suicide par chagrin d'amour, et un pied-bot méchant et cynique qui se sert de son infirmité pour attendrir et séduire les femmes. De nouveau, ce milieu ecclésiastique bouddhiste surprend moins qu'on n'aurait cru : un Huysmans au tournant du siècle, un Bernanos vers l'époque où flambait le Pavillon d'or, eussent pu décrire le même séminaire poussiéreux, les études vétustes, la prière réduite à une vaine routine, le supérieur brave homme, qui à l'occasion, camouflé d'un feutre et d'un cache-nez, se rend en ville pour courir les filles. Un séminariste catholique de ces années-là, indigné par « l'engourdissement de la religion », et mettant le feu à quelque vieille église vénérée, n'est pas, lui non plus, impensable en Occident. Le médiocre novice qui raconte sa plate vie semble d'une criante vérité ; en même temps, par une feinte qui est au centre de toute création littéraire, l'auteur a insufflé en lui, non seulement une part de la sensibilité qui lui a permis de comprendre et de recréer le personnage, mais encore ce don de dire et de moduler ce qu'il ressent, qui est le privilège du poète. En somme, ce roman réaliste est un chant.

L'ambivalence amour-haine du novice pour le Pavillon d'or en fait de plus une allégorie. Un critique européen y a vu, à tort ce me semble, surtout à la date où ce texte fut écrit, le symbole du corps, auquel Mishima accorde une sorte de valeur suprême, précisément parce que destructible, et surtout peut-être à condition de le détruire de sa propre main. Vue à la fois sophistiquée et primaire, comme tant de celles de la critique de notre temps, qui ne tient pas compte du moment spécifique où se situe un livre au cours d'une vie, et tient à rattacher l'auteur à son œuvre par des câbles au lieu que ce soit par de fins capillaires. Pendant les menaces de bombardement, le sentiment qu'éprouve le novice pour le Pavillon d'or est de l'amour ; ils sont menacés ensemble. Puis, lors d'une nuit de typhon, durant laquelle le Pavillon, « le temple sur lequel se modelaient les structures de mon univers », se trouve comme miraculeusement protégé de la tempête qui passe sur le lac sans éclater, l'âme du novice en quelque sorte se déchire, à moitié du côté du chef-d'œuvre et à moitié du côté du vent. « Plus fort ! Plus fort ! Encore un effort ! » Le romantisme de l'Occident a connu les mêmes tentations qui sont celles de l'être qui veut aller jusqu'au bout de lui-même. « Levez-vous, orages désirés, qui devez emporter René dans les espaces d'une autre vie ! » Ensuite, à mesure que le novice s'assombrit et s'aigrit, le temple à l'aise dans sa perfection devient un ennemi. Il est néanmoins en même temps, pour le jeune homme disgracié, comme l'indique une série de méditations sûrement imprégnées par le bouddhisme tantrique, SOI-MÊME. L'adolescent au cœur malade réussit à imaginer un Pavillon d'or, non plus immense, embrassant en soi toute la beauté du monde, comme il l'avait d'abord vu, mais minuscule, ce qui d'ailleurs revient au même, molécule qu'il porte en soi enfermée comme un germe. À un autre moment, le caillou que jette par jeu dans l'étang l'innocent Tsurukawa brise et dissipe en ondes bougeantes la réflexion de l'objet parfait : autre image bouddhique d'un monde où rien n'est fixe. Plus croît chez le novice le désir de détruire le chef-d'œuvre, plus nous reviennent à l'esprit les conseils paradoxaux des patriarches Zen, approuvant que l'on brûle les saintes effigies du Bouddha en guise de bois de chauffage, ou encore l'admonition fameuse du *Rinzairoku* : « Si tu rencontres Bouddha, tue-le ; si tu rencontres tes parents, tue-les ; si tu rencontres ton ancêtre, tue ton ancêtre ! Alors seulement tu seras délivré ! » Phrases dangereuses, mais pas loin de rappeler certaines admonitions évangéliques. Il s'agit toujours de superposer à la sagesse prudente et courante dont nous vivons ou sur laquelle nous végétons tous, la sagesse dangereuse, mais revivifiante, d'une ferveur plus libre et d'un absolu mortellement pur. « J'étais seul, enveloppé dans l'absolu du Pavillon d'or. Était-ce moi qui le possédais, ou étais-je possédé par lui ? N'allions-nous pas plutôt atteindre un moment d'équilibre rare où j'étais le Pavillon d'or autant que le Pavillon d'or était moi ? »

Et en effet, sitôt qu'il y aura mis le feu, le premier mouvement de l'incendiaire est de s'y laisser consumer. Il essaie, sans y parvenir, d'ouvrir la porte du sanctuaire changé en brasier, et recule, suffoqué par les volutes de fumée qui transforment son projet d'agonie en une quinte de toux. Finalement, il sera arrêté sur la colline qui domine le temple, repu de gâteaux à bon marché qui bourrent son estomac affamé de moine mal nourri par les maigres aliments d'après-guerre, ayant renoncé aussi à ce projet de suicide après coup pour lequel il s'était acheté un couteau, Érostrate piteux qui tout simplement désire vivre.

Après le chef-d'œuvre noir, *Confession d'un Masque*, et ce chef-d'œuvre rouge, *Le Pavillon d'or*, un chef-d'œuvre clair : *Le Tumulte des flots* est l'un de ces livres heureux qu'un écrivain, d'ordinaire, n'écrit qu'une fois dans sa vie. C'est aussi l'un de ces ouvrages dont la réussite immédiate est telle qu'elle les use aux yeux des lecteurs difficiles. Sa parfaite netteté même est un piège. Comme la statuaire grecque de la belle époque évite sur les plans du corps humain les creux et les rehauts trop prononcés qui créeraient des brisures de lumière et d'ombre, pour laisser mieux percevoir aux yeux et à la main l'infinie délicatesse du modelé, *Le Tumulte des flots* est un livre sur lequel l'interprétation critique n'a pas prise. Idyllique histoire d'un garçon et d'une fille dans une île japonaise sans autres ressources, pour les hommes, que la pêche au large, et, pour les femmes, pendant une courte saison de l'année, la plongée à la recherche d'*abalone*, coquillages à revêtement de nacre, ce livre offre la peinture d'une vie, non pas misérable, mais limitée au strict essentiel, et d'un amour seulement contrarié par une infime différence de classe entre le fils d'une pauvre veuve, pêcheuse d'*abalone*, et la fille d'un petit caboteur qui semble aux villageois richissime. L'auteur revenait de Grèce à l'époque où il entreprit ce court roman, et l'enthousiasme pour cette Grèce nouvellement découverte s'est inséré, invisible et présent, dans sa description d'une petite île japonaise. Ainsi, pour risquer une comparaison à coup sûr écrasante, *Guerre et Paix* semble l'épopée slave par excellence, mais nous savons que Tolstoï en l'écrivant se grisait d'Homère. Par le thème seul, qui est le jeune amour, *Le Tumulte des flots* semble d'abord l'une des innombrables moutures de *Daphnis et Chloé*. Mais ici, il convient d'avouer, laissant de côté toute superstition de l'antique, et d'un antique d'ailleurs de fort basse époque, que des deux, la ligne mélodique du *Tumulte des flots* est infiniment la plus pure. Non seulement chaque épisode est traité avec un sobre réalisme, sans les quelques incidents romanesques ou traditionnellement mélodramatiques que Longus se permet, mais, encore et surtout, rien dans le roman de Mishima ne rappelle le désir de titiller le lecteur par les ébats artificiellement prolongés de deux enfants expérimentant avec l'amour sans découvrir les recettes du plaisir charnel. La scène célèbre où le garçon et la fille trempés par l'averse se dénudent et se réchauffent, séparés par un feu de bois sec, n'outrepasse qu'à peine la vraisemblance dans un pays où le nu érotique fut longtemps très rare, mais où le nu quotidien, par exemple celui des baignades auxquelles participent les deux sexes est resté de tradition dans les milieux point trop occidentalisés. Ces jeux timides au bord des flammes jettent dans *Le Tumulte des flots* de belles lueurs et de beaux reflets, tout proches de ceux du feu rituel shinto. Une scène comme celle où les pêcheuses d'*abalone*, nues, glacées, réchauffant sur la plage leur vieux ou leur jeune corps, jettent d'avides regards sur les porte-monnaie en plastique que leur offre un colporteur, nous entraîne bien loin des *Pêcheuses d'abalone* d'Utamaro, chez lesquelles la grâce survit à la fatigue. Un thème se décèle qui reparaîtra dans *La Mer de la Fertilité* : le contraste entre les dures et pures forces élémentaires et le luxe pauvre d'un monde gangrené. La scène finale où le jeune homme obtient les bonnes grâces du propriétaire de cargos en se jetant à la mer, au cours d'un typhon, pour renouer le filin qui ancre à une bouée le navire amarré dans un port, est à la fois mythologique et réelle. Ce corps blanc et nu pris dans les replis tortueux de l'eau noire se débat, ménageant son souffle, mieux qu'aucun Léandre de légende s'efforçant de rejoindre Héro. Il semble que le couple de la jeune fille d'aspect plus modeste et du garçon plus éclatant, comme c'est le cas des couples du monde animal, réalise finalement pour le poète l'image d'une sorte d'androgynat scindé en deux êtres.

Après le Banquet, qui valut à son auteur un procès en diffamation, est un autre exemple de cette passion de se brancher sur l'actualité, mais dans ce cas politique et mondaine, dont il a déjà été question. Son intérêt pour nous est surtout d'évoquer sous l'aspect d'une propriétaire de restaurant en vogue un type de maîtresse femme, séductrice et femme de tête habile en affaires, qui traverse de temps à autre les romans de Mishima. Nous la retrouvons à un niveau social plus haut dans la Keiko de *La Mer de la Fertilité*, et, silhouette plus mince et plus « mode », dans la jeune veuve du *Marin rejeté par la mer*, propriétaire d'une boutique élégante à Yokohama. Cette longue nouvelle, d'une perfection glacée comme une lame de scalpel, est tardive dans l'œuvre de Mishima, et touche déjà à d'autres thèmes redoutables dont il sera question plus loin. Là encore, cette violence froide, cette stérilité d'une vie quasi élégante et quasi facile sont partout caractéristiques de notre temps : un film anglais a présenté cette noire aventure avec des acteurs britanniques et dans des paysages de l'Angleterre, sans que grand-chose soit changé à cette histoire d'une liaison entre un marin romanesque et une sensuelle jeune veuve, ni aux agissements d'une bande d'enfants vivisecteurs. Mais nous sommes déjà dans l'horreur sans phrases.

La plupart des pièces de Mishima, aussi bien reçues au Japon que ses romans, et parfois même mieux, n'ont pas été traduites[1] ; nous ne pouvons donc nous rabattre que sur *Cinq Nôs modernes*, qui sont des années 50, et sur *Madame de Sade*, composée plus près de sa fin. Offrir des *Nôs* un équivalent moderne présente à peu près les mêmes attractions et les mêmes dangers que faire passer de l'antique au contemporain une pièce grecque : attraction d'un sujet débrouillé d'avance, connu de tous, qui a déjà ému des générations d'amateurs de poésie, et dont la forme est, pour ainsi dire, rodée depuis des siècles ; danger de tomber dans le plat pastiche ou

1. *Onnagata*, une des meilleures nouvelles de Mishima, touche au théâtre en évoquant avec subtilité la position d'un acteur traditionnel de *Kabuki* se consacrant aux rôles féminins, et obligé par l'usage de parler, de manger, de marcher en femme dans la vie courante, sous peine de manquer de naturel en scène, et pourtant de continuer à sentir et à faire sentir à travers son travesti, la présence d'un homme observant et imitant une femme. Sujet qui va loin sur les rapports entre l'art et la vie. Il semble bien que c'est grâce à sa longue amitié avec un *onnagata* célèbre, Utaemon, que Mishima découvrit « le paradoxe du comédien », et, du même coup, celui du théâtre, bien que l'écrivain lui-même, sauf erreur, n'ait jamais utilisé dans ses pièces toutes « modernes » le classique travesti.

dans l'irritant paradoxe. Cocteau, Giraudoux, Anouilh, et avant eux D'Annunzio, et après eux quelques autres, avec des bonheurs et des échecs divers, ont connu tout cela. La difficulté pour le *Nô* est d'autant plus grande qu'il s'agit de pièces encore imprégnées de sacré, élément un peu éventé pour nous dans le drame grec, puisqu'il s'y agit d'une religion crue morte par le spectateur. Le *Nô*, au contraire, qui amalgame mythologie shinto et légende bouddhique, est le produit de deux religions encore vivantes, même si leur influence tend aujourd'hui à s'oblitérer. Sa beauté tient pour une part au mélange sous nos yeux de vivants et de fantômes, presque pareils les uns aux autres dans un monde où l'impermanence est la loi, mais rarement convaincants dans nos décors mentaux d'aujourd'hui. Mishima tient admirablement dans la plupart des cas la gageure. Il est difficile d'être insensible, dans *La Dame Aoi*, à la veillée de Ghenji (devenu ici un riche et brillant homme d'affaires) dans la chambre d'une clinique où sa femme Aoi dépérit d'une grave maladie nerveuse, non plus qu'à l'entrée par une porte et la sortie par une autre d'un yacht spectral sur lequel, comme malgré lui, il monte avec une maîtresse passée, Rokujo, qui n'est autre que le « fantôme vivant » par lequel la malheureuse Aoi se sent lentement suppliciée. Plus extraordinaire, s'il se peut, le décor du *Tambour de brocart* : le vide bleu, le fossé du ciel aperçu entre deux étages supérieurs d'immeubles, celui de gauche, salon de haute couture que fréquente une cliente sèche et frivole, celui de droite, bureau d'avoué où guette à la fenêtre un vieil employé amoureux. Comme dans la pièce ancienne, un rocher enveloppé d'une couverture de soie, un « tambour de brocart », simple accessoire de théâtre, est envoyé par plaisanterie au vieillard. Il n'émet, on le devine, aucun son, symbole de l'indifférence de la belle en présence du naïf amoureux qui s'épuise en vain sur lui, frappant de plus en plus fort, comme un cœur désordonné qui va se briser.

Madame de Sade tient du tour de force : tout en dialogues, comme chez Racine, sans action, sauf dans les coulisses ou par récit interposé, elle est faite tout entière d'un contrepoint de voix féminines : l'épouse aimante, la belle-mère conventionnellement bouleversée par les débordements de son gendre, la sœur devenue la maîtresse du coupable pourchassé, une discrète servante, une pieuse amie de la famille, et, moins agréable à entendre que les autres, une Sade femelle, adepte du marquis, espèce de Madame de Merteuil plus haute en couleur, enfilant des tirades d'un cynisme déclamatoire, faites, semble-t-il, pour passer la rampe. La pièce bénéficie de l'étrange fascination que produit tout roman ou tout drame centré autour d'un absent. Sade est jusqu'au bout invisible, comme dans *The Waves* de Virginia Woolf ce Perceval adulé par tous les autres personnages du livre. L'épouse au cœur fidèle, qui finit à force de tendresse (ou pour quelle autre obscure raison ?) par participer à une cruelle et dégradante orgie, nous émeut, bien qu'une gêne monte en nous en l'entendant glorifier en Sade une sorte d'hypostase du Mal destinée à créer des valeurs nouvelles, rebelle grandiose et calomnié, à peu près comme Satan l'était aux yeux de Baudelaire et de Bakounine. Cette opposition quasi manichéenne du Mal et du Bien, étrangère à la pensée extrême-orientale, est, de plus, usée jusqu'à la corde pour nous sous cette forme : nous avons trop vu se déchaîner les puissances du mal pour croire encore au Mal romantique. Mishima européanisé, jouant ses atouts d'homme de théâtre, nous semble tomber dans une rhétorique facile. Mais le moment qui suit est un grand moment : cette épouse qui n'a pas cessé de rendre visite au prisonnier à travers les barreaux, dans l'obscurité de sa cellule, qui a lu avec passion *Justine* et vient de nous faire un éloge ardent de son auteur, est interrompue par l'arrivée de la servante, annonçant à ces dames que Monsieur le Marquis, libéré par les révolutionnaires (nous sommes en 1790), se trouve sur le seuil. « Je l'ai à peine reconnu... Il a un manteau de laine noire rapiécé aux coudes, et son col de chemise est si sale (sauf votre respect) que je l'ai pris pour un vieux mendiant. Et il est si gras... Sa figure est gonflée et blafarde... Ses vêtements semblent trop petits pour sa corpulence... Quand il marmonne quelque chose, on voit qu'il n'a plus dans la bouche que quelques dents jaunes... Mais il m'a dit avec dignité : "Je suis Donatien-Alphonse-François, marquis de Sade." » La réponse de Madame de Sade est qu'on demande au Marquis de s'en aller, et qu'on lui apprenne qu'elle ne le reverra jamais de sa vie. Sur ce verdict, le rideau tombe.

Que s'est-il produit ? Madame de Sade qui a aimé en lui l'idéal du Mal incarné, entrevu dans l'obscurité d'une prison, ne veut-elle pas de ce gros homme avachi ? Croit-elle plus sage, comme elle y songeait quelques moments plus tôt, de se retirer dans un couvent pour prier à distance, non pour le salut de son mari, comme le suggérait une pieuse amie, mais pour qu'il continue la carrière de démiurge maudit que Dieu lui a fait suivre ? Tout simplement, a-t-elle peur, depuis que des barreaux ne l'en séparent plus ? Le mystère se referme plus dense qu'avant sur Madame de Sade.

Avec *La Mer de la Fertilité*, tout change. Le rythme d'abord. Les romans que nous avons entrevus s'égrènent entre 1954 et 1963 ; la composition des quatre volumes de la tétralogie se ramasse entre les années fatales 1965-1970. La légende, si l'on peut déjà parler de légende, veut que les dernières pages du quatrième volume, *L'Ange pourrit*, aient été écrites par Mishima le matin même du 25 novembre 1970, c'est-à-dire peu d'heures avant sa fin. On a nié le fait : un biographe assure que le roman fut terminé à Shimoda, plage où chaque année l'écrivain passait le mois d'août avec sa femme et ses deux enfants. Mais terminer la dernière page d'un roman n'est pas nécessairement achever celui-ci : un livre n'est fini que le jour où il est mis sous enveloppe au nom de l'éditeur, comme le fit Mishima ce matin du 25 novembre, moment où un ouvrage sort définitivement du placenta vital où s'élaborent les livres. Si les dernières pages n'ont pas été écrites, ou du moins retouchées ce matin-là, elles témoignent néanmoins d'un dernier état de pensée qui, par ailleurs, antidate de beaucoup les vacances à Shimoda, durant lesquelles fut fixée, semble-t-il, la date du suicide rituel, autrement dit du *seppuku. La Mer de la Fertilité* tout entière est un testament. Son titre, tout d'abord, prouve que cet homme si violemment vivant a pris ses distances avec la vie. Ce titre est emprunté à l'ancienne sélénographie des astrologues-astronomes du temps de Kepler et de Tycho Brahé. « La mer de la Fertilité » fut le nom donné à la vaste plaine visible au centre du globe lunaire, et dont nous savons maintenant qu'elle est, comme notre satellite tout entier, un désert sans vie, sans eau, et sans air. On ne peut mieux marquer dès le début que, de ce bouillonnement qui soulève tour à tour quatre générations successives, de tant d'entreprises et de contre-entreprises, de faux succès et de vrais désastres, ce qui finalement ressort c'est Rien, le Rien. Reste à savoir si ce rien, qui se rapproche peut-être du *Nada* des mystiques espagnols, coïncide tout à fait avec ce que nous appelons en français rien.

Ensuite, et ce qui importe presque plus encore, composition et style ont changé. Au lieu d'ouvrages nés séparément de l'imagination de l'auteur, quels que fussent les rapports qu'on pût voir ou présumer entre eux, quatre volumes composent une suite, évidemment dirigée dès le début vers certaines fins. Au lieu d'une prose telle qu'un écrivain occidental, inspiré de la sorte, eût pu, dirait-on, l'écrire, qu'il s'agisse du style relâché de *Couleurs interdites*, du subjectivisme de *Confession d'un Masque*, du sobre équilibre du *Tumulte des flots*, du luxuriant *Pavillon d'or* ou du sec *Marin*, nous nous trouvons devant un style dénudé, parfois presque plat, contenu même dans les moments de lyrisme, strié de crevasses destinées, semble-t-il, à faire intentionnellement trébucher. Même dans l'excellente traduction anglaise, des solutions de continuité déconcertent, et peut-être dans l'original aussi laissent-elles le lecteur perplexe. Aux perspectives de la peinture européenne font place celles, plongeantes, de la peinture chinoise, ou le dessin étalé à plat des estampes japonaises, dans lesquelles des bandes horizontales, figurant conventionnellement d'envahissants stratus nuageux, coupent les objets et segmentent l'espace. Comme c'est le cas pour toute écriture ou pensée très volontaire, le livre irrite ou déçoit tant qu'on n'a pas accepté l'originalité de l'œuvre comme telle.

À ces défauts, ou à ces qualités spécifiques, viennent s'ajouter des défauts tout court. Il n'est pas rare qu'un grand écrivain (la correspondance de Mann avec l'érudit Karl Kerenyi en fait foi) se jette sur des manuels pour échafauder l'arrière-plan de son œuvre, mais, le plus souvent, il tente au moins de revêtir ces données toutes faites de son style à lui. Ici, au contraire, de pesantes informations sur les principes de la loi naturelle, étudiés par Honda en sa qualité de jeune légiste, sur le bouddhisme, sur la croyance en la réincarnation aux diverses époques de l'histoire interrompent le récit au lieu de faire corps avec lui ; elles n'ont été ni repensées ni revécues [1].

1. Il semble bien que les émotions religieuses innées chez Mishima soient surtout de type shinto. Dans *Chevaux échappés*, la description du rite divinatoire accompli par les samouraïs avant d'aller se sacrifier en masse est l'une de ses plus belles pages. On se souvient de Honda regrettant ailleurs la pure simplicité des rites shinto au sein de l'Inde terrible et divine : « Il désirait

On s'étonne que Mishima, naguère encore étudiant en droit, n'ait pas recouru à ses propres souvenirs pour décrire la formation mentale de Honda ; on est moins surpris qu'un Japonais né en 1925 fût peu au courant de la théologie bouddhique, tout comme un Français des mêmes années eût pu l'être du catholicisme. Mais *Le Pavillon d'or* avait prouvé chez Mishima une connaissance presque méticuleuse des pratiques extérieures du bouddhisme et la capacité de faire siennes certaines de ses techniques de contemplation. On s'explique donc mal la primaire et pesante présentation du bouddhisme au cours des trois premiers volumes de la tétralogie. Tout se passe comme si l'auteur, pressé d'en finir avec son œuvre et avec sa vie, avait jeté en vrac les explications nécessaires au lecteur, sinon à soi-même.

Neige de printemps, le premier volume de la tétralo-

nostalgiquement la fraîcheur d'un peu d'eau japonaise puisée à un puits. » La description des amateurs de *dolce vita* visitant en touristes un temple shinto après une nuit de débauche va dans le même sens. Par moments, Mishima lui-même semble accepter la notion de certains maîtres du shinto, qui reprochait au bouddhisme d'avoir dévirilisé l'âme japonaise. Reproche absurde, puisque le Japon est la seule terre où le bouddhisme, sous sa forme Zen, a accepté de servir de méthode au guerrier du *Bushido*. Peu à peu, les grandes notions bouddhiques du détachement, de l'impermanence et du Vide prennent chez lui de plus en plus de place, mais il semble que jusqu'au bout la compassion bouddhique soit absente. Mishima s'est voulu dur.

Rappelons toutefois que chez certains écrivains jugés « cruels » le fait même de décrire implique un acte de compassion, qui n'a pas besoin d'être exhalé ensuite en interjections. Flaubert a décrit avec une froideur clinique la mort d'Emma Bovary ; nous savons qu'il l'a plainte, et même, en s'identifiant à elle, aimée.

gie, s'ouvre par un long regard jeté sur une photographie, récente encore quand les deux adolescents, Honda et Kiyoaki, se penchent sur elle, mais qui un jour paraîtra à Honda aussi fantomale et prophétique qu'elle l'est devenue pour nous. Un terre-plein autour d'un autel à ciel ouvert, et des troupes massées de côté et d'autre par centaines : rien qu'un moment de la guerre russo-japonaise déjà terminée à l'époque où commence ce livre, mais où les oncles de Kiyoaki sont morts, et qui inaugurera la montée d'un impérialisme destiné à mener le Japon en Manchuko, à la guerre du Pacifique, à Hiroshima, et finalement à l'agressif impérialisme industriel d'une nouvelle période de paix, c'est-à-dire aux Japons successifs où se meuvent et qu'incarnent les personnages de ce long roman. Photographie aux tons rougeâtres, typique de celles qu'on prenait au tournant du siècle, et dont la teinte d'orage et d'éclipse semble assortie aux fantômes. Fantômes, de toute façon, ces soldats debout dans cette aura roussâtre le sont déjà ou le seront un jour ou l'autre, même s'ils ne sont pas tombés entre-temps sur le champ de bataille, bien avant que se soit achevée la longue vie de celui qui est à ce moment l'adolescent Honda; et le culte de la dynastie solaire qui se célèbre sur cet autel prendra fin avant certains d'entre eux. Mais, en 1912, Kiyoaki et Honda sont aussi indifférents devant cette image d'une guerre victorieuse que Mishima lui-même en 1945 le sera en présence d'une guerre perdue. Ils n'y participent pas plus qu'ils ne le font aux hurlements du *kendo*, ou qu'ils ne laissent s'enfoncer en eux les admonitions patriotiques de l'École des Pairs. Non que ces

étudiants nantis soient à proprement parler des révoltés, mais parce qu'ils sont à l'âge où, par bonheur peut-être, un cocon de rêves, d'émotions et d'ambitions personnelles enveloppe la plupart des jeunes êtres et amortit pour eux les chocs de l'actualité. Durant tout ce livre, Honda, bon camarade, élève bûcheur, paraîtra l'ombre grise du romanesque Kiyoaki. En fait, il est l'œil qui voit. Entre Kiyoaki et Satoko, l'amant et l'amante qu'il s'évertue à servir, il inaugure en toute innocence son rôle de futur voyeur. Non seulement ces deux jeunes gens réfléchis sont peu marqués par les faits décisifs de leur temps, mais encore se disent-ils avec mélancolie que l'histoire, qui ne tient compte que des grands nombres, les confondra un jour avec la foule de ceux qui n'ont pas pensé ou songé comme eux. Partout, indéchiffrables comme toujours au seul moment où ils pourraient être utiles, abondent autour d'eux les présages : tortues happeuses cachées sous la boue de l'étang du parc des Matsugae, bestiole morte près d'un champ de sport du collège, chien crevé pris dans les rocs de la cascade artificielle que la marquise montre aux visiteurs, et sur lequel prie une digne abbesse bouddhique exagérément diserte. Au sein de ce filet d'apparences, se situe le journal de ses rêves tenu par Kiyoaki Matsugae, dont certains se réaliseront après la mort du jeune homme sans cesser d'être des songes. Entre Honda, qui a quatre-vingts ans à vivre, et Kiyoaki mort à vingt ans, la différence d'acquis va à la longue se révéler inexistante : la vie de l'un s'émiettera comme s'est dissipée la vie de l'autre.

Autour de ces deux jeunesses, une société déjà

très fortement occidentalisée, mais à l'anglaise, et dans les hautes classes. L'américanisation des masses est encore lointaine, et Paris se résume pour le marquis Matsugae et le comte Ayakura dans les flots de champagne où trempent les baigneuses des Folies Bergère. Le père de Honda, homme de loi, vit dans une maison tapissée d'ouvrages européens de jurisprudence. Les Matsugae ont accoté une somptueuse maison à l'occidentale à leur élégante demeure japonaise ; les hommes et les femmes se séparent à la mode victorienne à la fin des dîners ; et à l'occasion de la fête des cerisiers un accablant programme de réceptions comporte des geishas, un film anglais tiré de Dickens, et un monumental repas dont le menu rédigé en français se termine par une crème au caramel. Nouveaux nobles, les Matsugae ont confié Kiyoaki aux Ayakura, aristocrates appauvris, pour l'initier aux manières de cour. C'est vêtu de culottes de velours et d'une blouse à collerette de dentelle que l'enfant portera dans une cérémonie la traîne d'une princesse, mais son premier émoi érotique sera typiquement japonais, et tel que l'ont ressenti les Utamaro et les Eisen des estampes : une nuque féminine aperçue à travers l'échancrure du col du kimono, émouvante là-bas comme pour les peintres européens la naissance des seins.

Autour de Satoko, la compagne de jeu et d'étude qui devient peu à peu l'amante, flotte malgré tout une atmosphère de Nippon ancien. Non loin du palais familial vieillot et quasi rustique, nous commençons à voir, au bas d'une ruelle, l'humble bâtiment à deux étages, un peu bordel, un peu logement à bon marché pour officiers d'une caserne toute proche, tenu dès le début par un homme déjà sur l'âge. C'est là, par un jour de pluie, que le comte Ayakura feuillettera un de ces rouleaux de peintures anciennes, dans lesquels le goût de l'érotisme et du burlesque poussé au sinistre, d'une part, et de l'autre le dédain bouddhique pour le mirage de la carnalité, s'unissent pour dépeindre les bas-fonds d'un enfer charnel. C'est là qu'excité par ces images il jouira des charmes fort éventés de la vieille geisha chargée d'élever sa fillette, et donnera à sa servile partenaire d'étranges conseils paternels sur l'éducation de l'enfant encore impubère, et à qui il s'agit d'apprendre, non seulement, recette banale, à paraître vierge quand elle ne l'est plus, mais encore, pour le cas où un séducteur risquerait de se vanter de l'avoir eue le premier, à ne pas paraître vierge quand elle l'est. Plus tard, quand Kiyoaki, après un ballet d'hésitations, de dérobades et de mensonges, veut presque sacrilègement cette fille, maintenant fiancée à un prince impérial, c'est dans ce lieu quasi magique qu'elle se donne à lui dans un désarroi d'étoffes rejetées et de ceintures déroulées sur le sol. L'auteur a voulu faire l'équivalent d'un *shunga*, « peinture printanière », autrement dit d'une estampe érotique de la grande époque. Il y a pleinement réussi.

La vie à l'École des Pairs n'est cernée que d'un vague contour. Aucun condisciple, sauf pour une brève rencontre avec un élève infirme lisant Leopardi, où nous reconnaissons, en plus émouvant, l'équivalent du pied-bot du *Pavillon d'or*. La platitude de la vie sociale et mondaine est telle que l'auteur ne fait pas l'effort, traditionnel en France, et constant chez Proust, de l'assaisonner ici de drôlerie et là d'ironie. Son insipidité totale en quelque sorte la réduit à rien. Les vacances durant lesquelles Kiyoaki fait les honneurs de la villa de ses parents aux deux jeunes princes siamois, ses condisciples, participent de la même insignifiance, et le lecteur ne se doute pas à quel point cet épisode quasi nul va compter plus tard dans l'économie du livre. Mais sous cette surface d'aménités banales, le jeune amour poursuit sa course au désastre. Kiyoaki persuade la jeune femme de venir passer la nuit avec lui sur la plage, nous offrant ainsi, par un éclatant clair de lune, l'image des amants nus couchés dans l'ombre mince d'une carène amarrée sur le sable, et leur sensation de prendre le large avec l'embarcation qui semble les entraîner vers la mer. Après ce moment où la vie dans son exultation et sa plénitude est sentie néanmoins comme le perpétuel départ qu'elle est, Honda, qui a conduit Satoko à son rendez-vous, la ramène par ce moyen de locomotion rare encore qu'est l'automobile, et n'aura pour sa part que la présence à son côté d'une jeune femme en robe de piqué blanc, à l'européenne, enlevant discrètement ses souliers pour en faire couler le sable.

La neige de printemps pénétrant à travers la bâche d'une archaïque voiture traînée par deux hommes, dans laquelle naguère le garçon et la fille encore indécis se faisaient promener dans la banlieue de Tokyo, ne laissait sur leurs visages et leurs mains qu'une sorte de molle et humide fraîcheur. Mais la neige de bénéfique devient néfaste. Après que la famille a décidé de faire avorter Satoko, toujours destinée à un prince du sang, la jeune femme profite des quelques jours passés dans un monastère aux environs de Nara, où sa mère l'a conduite afin de camoufler son séjour dans une clinique du voisinage, pour couper son abondante chevelure sombre et demander la tonsure des nonnes bouddhiques. Pour la première fois, son crâne rasé sent le froid vif de l'air automnal; ses torsades si belles rampent sur le sol, rappelant inévitablement au lecteur les ceintures dénouées traînant à terre dans l'amour, et prennent presque aussitôt l'aspect répugnant des choses mortes. Mais la famille n'est pas découragée pour si peu. Il n'est question que de savoir quand et par qui on fera faire, dans le plus grand secret, la perruque, ou plutôt les deux perruques, l'une japonaise, l'autre à l'européenne, qui serviront à Satoko lors des fêtes de son mariage. Tandis que ces futiles bavardages se poursuivent, toutes portes closes, dans un salon de Tokyo, Satoko a franchi un seuil. Tout se passe comme si la satisfaction une fois pour toutes obtenue, l'arrachement subi jusque dans ses viscères, l'au-revoir contraint fait à Kiyoaki en présence de parents mondains jusqu'au bout, avaient consommé une totale rupture. Ce n'est plus seulement à son amant qu'elle renonce, c'est à elle-même. « Il y a eu assez d'adieux. » Mais Kiyoaki, surveillé de près par les siens, talonné par l'amour depuis que celui-ci est devenu l'amour de l'impossible, quitte Tokyo grâce au peu d'argent que lui a prêté Honda, descend près de Nara dans une misérable auberge, et fait et refait à pied, sous la neige d'une froide fin d'automne, l'épuisante montée qui conduit au monastère. Chaque fois, l'entrée lui est refusée, et chaque fois il s'obstine, repoussant les offres d'un voiturier, superstitieusement sûr que plus sera grand l'effort demandé à ses poumons secoués par une mauvaise toux, plus grande sera sa chance de revoir cette Satoko qu'il a d'abord peu, puis follement aimée.

Finalement terrassé dans une pauvre chambre de l'auberge, il fait appel à Honda, et les parents de celui-ci lui permettent de rejoindre son ami en dépit des examens tout proches, ne fût-ce que pour lui apprendre qu'un service rendu à un camarade passe avant les soucis et les obligations d'une carrière. Honda, chargé du rôle de suppliant et d'interprète, monte à son tour la colline enneigée, mais ne sera reçu que pour entendre le *non* définitif de l'abbesse, même si ce *non* rompt le dernier fil qui rattachait Kiyoaki à la vie. Kiyoaki et Honda prennent l'express pour Tokyo, et Honda, dans la voiture Pullman, son éternel manuel de jurisprudence à la main, éclairé par la lueur d'une faible lampe, se penche d'assez près sur son fiévreux compagnon pour l'entendre chuchoter qu'ils se reverront un jour « sous une cascade ». Rien de plus fréquent dans la littérature ou même dans la conversation japonaise que ces allusions à l'arbre dans l'ombre duquel on s'est une fois assis, à l'eau qu'on a bue ensemble au cours d'une autre existence. Ici, il semble que la cascade, cette cascade dont l'ancienne peinture nippone nous offre souvent une image verticale, aux filets tendus comme les cordes d'un instrument de musique ou d'un arc, ne soit pas seulement la cascade artificielle des Matsugae, ni même celle, plus sacrée, que Honda ira voir un jour, mais la vie elle-même.

La pierre d'achoppement, pour le lecteur moyen, mais aussi, pour des raisons qu'on verra, la prenante vertu de cette tétralogie tient en la notion de réincarnation qui sous-tend toute l'œuvre. Ici, il faudrait d'abord s'entendre. Éliminons pour commencer les superstitions populaires auxquelles Mishima a fait malheureusement une grande place, peut-être parce que le procédé lui paraît commode, peut-être parce que ces superstitions ayant eu cours dans le Japon traditionnel, elles ne gênent pas plus là-bas qu'une allusion à un vendredi treize ou à une salière renversée ne gênerait un lecteur européen. L'insistance au long des quatre volumes de *La Mer de la Fertilité* sur les trois grains de beauté qui marquent à la même place l'épiderme pâle de Kiyoaki, la peau hâlée d'Isao, et la peau dorée de la princesse thaïlandaise irrite plus qu'elle ne convainc[1]. On finit par se demander s'il n'y a pas là une sorte d'obscur excitant sensuel, soit que l'odieux précepteur de Kiyoaki nie avoir vu ce signe, « parce qu'il n'osait poser les yeux sur le corps du jeune maître », ou que Honda au contraire le cherche indiscrètement sur le flanc nu de l'exotique

1. Les récits japonais de Lafcadio Hearn contiennent des exemples de cas de réincarnation confirmés par une marque corporelle, qui semblent indiquer que ce genre de folklore a été courant dans le Japon du XIXe siècle.

petite princesse. La simplification des dogmes gêne encore plus que ces résidus de folklore. Elle témoigne d'une ignorance des religions à l'intérieur desquelles on a grandi qui, à notre époque, n'est certes pas que japonaise. La théorie de la réincarnation, dont Honda commence à s'instruire lorsqu'il a été envahi et comme suffoqué par ce qui lui semble sa vivante évidence, ne figure dans le second volume de la tétralogie que sous forme d'on ne sait quel résumé scolaire citant pêle-mêle Pythagore, Empédocle et Campanella. En fait, sur ce point comme sur tant d'autres, le bouddhisme est d'une subtilité telle que les doctrines elles-mêmes en sont difficiles à appréhender, et plus difficiles encore à garder dans l'esprit sans leur faire inconsciemment subir cette transformation vite infligée par nous aux idées trop éloignées des nôtres.

Même l'hindouisme, qui place pourtant au centre de chaque individu la réalité de l'Être, insiste sur la formule « Le Seigneur seul transmigre », et du même coup l'individualité à laquelle nous tenons tant s'éraille comme un vêtement. Avec le bouddhisme, qui nie ou ignore l'être, et ne constate que le passage, la notion de réincarnation se subtilise plus encore. Si tout est passage, les éléments transitoirement subsistants ne sont plus guère que des forces ayant, pour ainsi dire, traversé l'individu, et qui, par une loi semblable en gros à celle de la conservation de l'énergie, subsistent, au moins jusqu'à ce que l'énergie elle-même se soit *néantisée*. Ce qui demeure est au mieux un résidu d'expérience, une prédisposition, une agglomération plus ou moins durable de molécules, ou, si l'on préfère, un champ magnétique. Rien de ces vibrations ne se perd entièrement : elles rentrent dans l'*Alaya* du monde, la réserve des faits, ou plutôt des sensations subies, tout comme l'Himalaya est la réserve des blancheurs hivernales quasi éternelles. Mais pas plus qu'Héraclite ne se baignait deux fois dans le même fleuve, nous ne tenons deux fois dans nos bras, où d'ailleurs il fond comme un flocon de neige, le même atome humain qui a existé. Une autre image, rebattue, est celle de la flamme qui passe de cierge en cierge, impersonnelle, mais nourrie de leur individuelle chair de cire.

Quelles qu'aient été sur ce point les croyances de Mishima, ou l'absence de celles-ci, nous percevons que, bien que Kiyoaki ne soit pas Isao, et ni l'un ni l'autre la princesse siamoise, une sorte de pulsion les traverse qui est la vie elle-même, ou peut-être simplement la jeunesse incarnée successivement sous la plus ardente, la plus dure, ou la plus séduisante des formes. Plus profondément, plus subjectivement aussi, nous nous sentons devant un phénomène comparable à celui de l'amour, et cela bien qu'on ne puisse à proprement parler donner le nom d'amour au dévouement total de Honda envers les deux jeunes hommes, ou que, si quelque chose qui ressemblait aux émotions de l'amour l'a pourtant effleuré, l'auteur ne nous l'a pas dit. D'autre part, l'obscur besoin quasi sénile qui lui fait désirer posséder, ou plutôt *voir*, la jeune Siamoise ressemble peut-être encore moins à de l'amour. Mais dans les trois cas, le prodige amoureux par excellence s'est produit : par l'effet d'un mécanisme mental commun à nous tous, les parents de Honda, ses condisciples, sa femme, ses collègues, les inculpés sur lesquels, en tant que juge, il disposait d'un droit de vie et de mort, les milliers de passants rencontrés par lui dans les rues ou les trolleys de Tokyo et d'Osaka n'ont existé pour lui que perçus et ressentis à des degrés d'indifférence plus ou moins complète, de vague antipathie ou de molle bienveillance, et de plus ou moins distraite attention. Même les médiocres objets sur lesquels se poseront ses regards de voyeur ne seront pas des *personnes*. Trois fois seulement dans son cas — car Satoko ne reste à l'intérieur du cercle que parce que Kiyoaki l'a aimée —, trois êtres vivront pour lui avec cette intensité qui est celle de toutes les créatures vivantes, mais que nous ne percevons guère que chez ceux qui, pour une raison ou une autre, nous ont bouleversés. Une série s'est formée de personnes différentes les unes des autres, mais que réunit pourtant, incompréhensiblement, le choix que nous faisons d'elles.

Chevaux échappés, le second volume de la tétralogie, s'ouvre sur la morne existence d'un Honda d'environ quarante ans, si plate et si neutre que l'adjectif morne semble même exagéré. Réussite pourtant du point de vue social, puisque ce juge, jeune pour un juge, a son poste au tribunal d'Osaka, sa docile épouse, un peu maladive, qui tient à la perfection une très convenable demeure, et qu'il se contente sans plus, quasi anormalement, de ce qu'il a et de ce qu'il est. Mais une étrange image symbolique se place tout au début de cette présentation d'une vie comme une autre : par désœuvrement, un jour où, sans presque s'en apercevoir, il a entendu dans la prison attenante au tribunal le bruit d'une trappe s'ouvrant sous les pieds d'un condamné (« Pourquoi a-t-on mis la potence si près de nos bureaux ? »), Honda obtient la clef d'une tour de construction récente, comme évidée à l'intérieur, qu'un architecte ambitieux a ajoutée, sans doute pour en rehausser le prestige, au palais de justice à l'européenne. Un poussiéreux et quelque peu précaire escalier en spirale le conduit au sommet, d'où il n'aura d'ailleurs qu'une banale vue de ville par temps gris. Mais, dès ces premières pages, un leitmotiv entre, de façon lancinante, dans notre appareil auditif : cette montée sans but nous rappelle la montée courageuse et vaine de Honda vers le monastère, ses pas sur la neige suivant les traces de Kiyoaki. On ne peut s'empêcher de songer à Proust notant chez Stendhal ce même motif de la hauteur, qu'il s'agisse du clocher de l'abbé Blanès, de la forteresse où Fabrice est enfermé, ou de celle qui servira de prison à Julien Sorel. Bientôt, en effet, une nouvelle ascension suivra, sentie par cet homme pourtant curieux de tout comme digne seulement d'un intérêt mitigé, puisqu'il s'agit d'une colline sacrée et qu'il n'a pas la foi.

Le président du tribunal a prié Honda de le représenter à un tournoi de *kendo* donné dans un temple shinto en l'honneur du « Dieu Sauvage », et le magistrat quasi quadragénaire accepte sans enthousiasme de se rendre à l'une de ces parades violentes qu'il détestait autrefois. Ce jour-là, le jeu éblouissant d'un jeune kendoïste dans la robe noire traditionnelle, voilé, pieds nus, et le visage masqué d'une grille, éveille l'intérêt du tiède spectateur. Cet

Isao, car c'est d'Isao qu'il s'agit, le juge le reverra, dans l'après-midi de cette même journée torride, nu sous une cascade, occupé à accomplir les ablutions rituelles au cours de l'ascension de la colline sainte ; Honda envahi par le souvenir de Kiyoaki n'hésite pas à reconnaître, dans ce jeune athlète beau seulement de la vigueur et de la simplicité de la jeunesse, le délicat Kiyoaki mort depuis vingt ans : tout se passe comme si l'ardeur de l'un était devenue la force de l'autre.

Cette conviction absurde, née d'un émoi subjectif, le roule comme une vague ; il sortira de sa nuit d'hôtel à Nara ébranlé dans toutes ses fibres d'homme raisonnable et de juge. Bientôt, ses collègues, ne retrouvant plus le magistrat perspicace et diligent d'autrefois, hochant la tête, le supposeront, comme c'est l'usage, enfoncé pour son plus grand détriment dans quelque banale aventure d'amour. Bientôt aussi, en un geste d'abnégation qui lui semble tout simple, Honda renonce à son poste dans la magistrature assise pour s'inscrire de nouveau au barreau de Tokyo, et se donner ainsi la possibilité de défendre Isao, convaincu d'avoir comploté contre les membres de l'établissement industriel, le *Zaibatsu*, et d'avoir prémédité l'assassinat d'une douzaine d'entre eux. Honda obtiendra l'acquittement du jeune homme, sans pour cela le sauver, car Isao aussitôt libéré accomplira au moins l'un de ses projets de meurtre et, tout de suite après, le suicide rituel qui était une partie de son plan.

C'est dans ce livre dur que se place peut-être le plus étrange et le plus doux passage de toute l'œuvre. En s'efforçant de préparer son coup, Isao s'est cherché des appuis chez les militaires, en particulier chez un officier habitant l'ancienne baraque au bas de la ruelle, non loin de sa caserne. Cet homme à son tour le présente à son chef, le prince impérial autrefois fiancé à Satoko. Un instant, à peine perçu à travers l'alcool, les cigarettes et les politesses d'usage, une baisse de température, un recul inexplicable se sont produits, sur lesquels l'auteur insiste à peine. Mais, en entrant dans le jardinet de la vieille baraque au fond de la ruelle en pente, le dur Isao, qu'aucune émotion de ce genre n'a jamais effleuré, se sent brusquement défaillir de délices, comme si quelque chose du bonheur jadis ressenti là par Kiyoaki possédant Satoko avait pénétré en lui à travers le temps. Il n'y songera plus, et en ignorera toujours la cause. Mais tout le trahit, l'officier qui, au moment dangereux, se fait envoyer en Manchuko, le prince qui craint que son nom ne soit divulgué, la jeune femme, brillante et mondaine poétesse, pour laquelle il éprouve un vague attachement et qu'il considère comme la mascotte du groupe, mais qui au procès ment pour l'innocenter, sans s'inquiéter que ses mensonges ravalent le jeune homme au rang d'un velléitaire et le déshonorent aux yeux de ses affiliés. Isao n'est pas moins « donné » par un vieil étudiant, assistant de son père, sorte de bohème qui n'était qu'un agent provocateur, par son père lui-même, fanatique de droite, qui dirige un petit collège selon les meilleurs principes de loyauté aux traditions dynastiques, mais en fait est secrètement subventionné par les membres du *Zaibatsu*, qu'Isao veut détruire comme néfastes à la fois au Japon et à l'Empereur. Durant le procès, le nombre et les dates exactes des conciliabules du jeune homme avec l'officier parti ensuite pour le Manchuko deviennent d'une grande importance pour l'accusation. Le vieux tenancier de la baraque est convoqué pour voir s'il ne reconnaîtra pas Isao au banc des accusés. Le vieillard tout cassé, appuyé sur une canne, s'approche du jeune homme, l'examine, et répond de sa voix usée : « Oui, il est venu chez moi avec une femme il y a vingt ans. » Vingt ans, c'est l'âge d'Isao : le gâteux quitte la salle sous les rires. Seule, la main de Honda, assis au banc des avocats, a tremblé sur les feuillets étalés devant lui. Ce vieil homme si près de la mort a senti comme une seule chaleur deux jeunesses ardentes.

On voit déjà comment, quelle que puisse être sa valeur psychologique, ou métaphysique, cette notion de la transmigration permet à Mishima de présenter le Japon entre 1912 et 1970 sous un nouvel angle. Tous les grands romans qui couvrent quatre générations successives (*Les Buddenbrooks* de Thomas Mann est sans doute le plus accompli) prennent pour base la famille, et pour modèles une série d'êtres brillants ou médiocres, mais tous unis par le sang ou par des alliances, fonctionnant à l'intérieur d'un même groupe génétique. Ici, ces resurgies successives autorisent le brusque passage d'un plan à un autre, ce qui était d'abord tangentiel se trouvant plus tard situé au centre. Isao est fils de l'ignoble Iinuma, précepteur chez les Matsugae, et d'une bonne de la même maison. Dans *Le Temple de l'Aube*, le troisième volume de la tétralogie et de beaucoup le plus difficile à juger, l'apparition de Ying Chan, la petite princesse siamoise, a été de longue date préparée par l'histoire assez terne des deux princes siamois, amis de Kiyoaki, et par l'incident de la bague à chaton d'émeraude, perdue, ou peut-être volée à l'un d'eux. Dans son *Journal de rêves*, Kiyoaki avait noté un songe où il portait au doigt cette pierre, et y contemplait un visage de jeune fille au front ceint d'une tiare. L'émeraude retrouvée après-guerre chez un antiquaire nouveau pauvre sera donnée par Honda à Ying Chan devenue étudiante à Tokyo, puis sera calcinée dans l'incendie de la luxueuse villa du vieil avocat, maintenant riche conseiller de l'un des puissants trusts du *Zaibatsu* contre lequel avait lutté Isao. Après cette conflagration bourgeoise, mais rappelant de près les bûchers que Honda était allé contempler à Bénarès à la veille de la guerre du Pacifique, il ne sera plus guère question de Chan elle-même. C'est par raccroc que nous apprendrons sa mort, à une date indécise, dans son pays natal. Mais Chan, fille de l'un des deux princes reçus jadis par Kiyoaki, rejoint aussi quasi mythiquement la fiancée de l'un des deux jeunes gens et la sœur de l'autre, morte également très jeune.

D'autre part, en prison, le dur et vierge Isao rêve d'une jeune inconnue sommeillant par un jour de brûlante chaleur, et rappelant quelque peu, ne fût-ce que par l'émoi qu'elle lui cause, Makiko, la jeune femme qui s'apprête à le trahir. Puis, par un de ces brusques changements de clef habituels au rêve, il s'est lui-même senti femme. Il lui avait semblé que sa vision du monde se rétrécissait, cessait de former de grands plans abstraits pour entrer en contact plus mollement, plus intimement, avec les choses, et qu'au lieu de pénétrer cette jeune inconnue, il devenait elle, son plaisir naissant de cette métamorphose. Honda n'ignore pas non plus que peu avant sa fin, Isao, qui pour la première fois s'est grisé par dégoût du bourbier de corruption et de faux témoignages dans lequel il se sent pris, a murmuré dans son sommeil ivre on ne sait quoi au sujet d'un chaud pays du sud et d'une nouvelle aurore.

Lorsqu'un voyage d'affaires l'amène à Bangkok en 1939, Honda ne sera donc pas surpris qu'une petite princesse de six ans s'accroche à lui en pleurant, se prétende japonaise, et demande à être emmenée par l'étranger. Scène incroyable pour tout lecteur européen, ou simplement « moderne », et, dirait-on, gauchement soulignée. Toutefois, n'oublions pas que certains sérieux spécialistes des recherches parapsychiques[1], tel Ian Stevenson[2], affirment que c'est dans les divagations de très jeunes enfants que se retrouvent le mieux les pistes menant avant la vie, à supposer toutefois qu'il existe de telles pistes, et que nous puissions les suivre.

1. Ici, l'adjectif « sérieux » pose toujours un problème. Mais gardons-nous d'opposer à l'ensemble des phénomènes parapsychiques un *non* de lâcheté ou d'inertie, aussi conventionnel que le *oui* du croyant à l'égard de dogmes qu'il ne peut ni prouver ni expliquer. Seule, une observation attentive peut faire reculer ici le « mystère », qui se confond avec notre ignorance.

2. Ian Stevenson, M.D. — *Twenty cases suggestive of reincarnation*, New York, Society for Psychical Research, 1966.

Chan en tout cas se conforme au modèle du parapsychologue ; elle oublie complètement cette lubie d'enfant ou ne s'en souvient que par de vagues allusions qu'y font des gouvernantes. Venue au Japon d'après-guerre en qualité d'étudiante, elle semble s'y déplaire, mais les sentiments forts en aucun cas ne paraissent son fait.

L'exquise Chan, chez laquelle Honda, en un moment de lucidité, découvre pourtant un soupçon « de geignante afféterie chinoise », mène à Tokyo sans grand élan la vie dissipée des beaux jours de l'occupation américaine et de l'argent facile. La jeune fille repousse les gauches avances du vieux Honda et évite de justesse le viol qu'un garçon du groupe s'efforçait de lui faire subir avec l'approbation et à la vue du vieillard. Plus tard, par une ouverture savamment pratiquée dans la boiserie d'une bibliothèque, il contemplera les jeux de Chan, « beauté frêle », avec cette « beauté forte » qu'est une experte et mûre Japonaise. Des symboles nouveaux nous poursuivent, pas plus décodables qu'ils ne le sont dans nos rêves : la boîte de nuit où Keiko, ample séductrice, Honda, Chan, et son jeune et désinvolte agresseur, dînent ensemble dans la quasi rituelle obscurité de ce genre de lieu, et Honda coupant son bifteck à point pour le porter à ses fausses dents, voit couler dans l'assiette un sang devenu couleur de nuit. Ou encore, dans *Chevaux échappés*, plus incompréhensible et menant l'esprit on ne sait trop où, le tonnelet d'huîtres venu de Hiroshima qu'Isao se décide à apporter à Makiko en cadeau d'adieu, et où clapotent et s'entrechoquent dans le récipient plein d'eau noire des mollusques prisonniers.

C'est à partir du *Temple de l'Aube* que Honda, observateur et visionnaire, tombe décidément au niveau du simple voyeur. Évolution pénible, mais point trop étrange, puisque ces misérables contacts du regard avec la chair nue deviennent sans doute pour le vieillard le seul rapport avec le monde des sens, dont il est resté éloigné toute sa vie, et avec la réalité qui lui échappe de plus en plus dans son milieu d'homme éminent et millionnaire. Déjà, un enfant voyeur amorçant un crime avait figuré dans *Le Marin rejeté par la mer*, et l'on n'oublie pas, dans *Le Pavillon d'or*, un pathétique traitement du même thème : le futur séminariste incendiaire, couché dans la pièce unique des maisons japonaises, sentant s'agiter la moustiquaire, s'aperçoit que sa mère étendue tout près se donne à un vague parent venu passer la nuit. Mais l'enfant, qui regarde sans comprendre, sent tout à coup un « mur de chair » s'interposer entre ce spectacle et ses yeux : les mains de son père, qui lui aussi a vu et ne veut pas que l'enfant voie. Ici, au contraire, le thème du voyeur est associé à l'impuissance et à l'âge. Honda à Bangkok rêve de voir uriner la petite fille ; plus tard, sur le terrain infesté de serpents de sa ville toute neuve, il construit une piscine dans l'unique espoir d'y voir plonger une Chan la plus dévêtue possible, et l'inauguration nous vaut une de ces scènes d'inanité mondaine auxquelles Mishima excelle au point de paraître y participer.

Un prince, voisin de campagne, joue dans l'eau avec un ballon ; une aigre et richissime grand-mère, voisine elle aussi, surveille de la margelle sa tapée de petits-enfants ; un littérateur aux propos surréalistement sadiques montre sa flasque anatomie à côté de celle d'une déplaisante maîtresse, littératrice elle aussi, qui répète en pleurant, en guise d'excitant érotique, le nom de son fils tué à la guerre. Le voyeurisme sans doute se gagne comme une grippe, car Makiko, qui, dans *Chevaux échappés*, se parjurait et mentait, peut-être par amour, regarde d'un œil froid les veules ébats de ce couple. Les fantasmes de cannibalisme servis après dîner par le littérateur pique-assiette font ignoblement écho aux rêveries sanglantes du jeune homme dans la déjà lointaine *Confession d'un Masque*. Quand ce couple trop drogué pour fuir périt dans l'embrasement de la villa, on a l'impression que Mishima empile des charbons ardents sur ce qu'il aurait pu devenir. Keiko, elle, robuste partenaire de Chan, a pour amant un simple et solide officier américain qui aide à servir les cocktails et à laver les verres, et elle tire parti de cette liaison pour faire ses achats dans une boutique réservée à l'occupant et brancher son électricité sur celle du camp. Le dernier bruit qu'on entendra de Chan, rentrée dans son pays et tuée par une morsure de serpent, sera son insane petit rire, comme si cette vaine Ève avait joué amoureusement avec le reptile.

Dans *Le Temple de l'Aube*, la vie facile semble déliter les personnages, et même les intentions de l'auteur : à côté de ce Tokyo de plaisirs et d'affaires, le Tokyo dévasté de 1945, où Honda avait trouvé parmi les ruines la geisha presque centenaire, contenait encore des restes d'espérance. Dans le dernier volume, *L'Ange pourrit*[1], l'espérance et avec elle les incarnations successives du raffinement, de l'enthousiasme ou de la beauté sont mortes. On a même parfois l'impression de voir les os secs et blancs percer sous la pourriture. Le titre, *Tennin Gosui*, évoque une légende du bouddhisme d'après laquelle les Tennin, qui ne sont autres que des essences divines personnifiées, des Génies ou des Anges, au lieu d'être immortels, ou plutôt éternels, sont limités à mille années d'existence sous cette forme, après quoi ils voient se faner les fleurs de leurs guirlandes, se ternir leurs joyaux, et sentent une sueur fétide découler de leurs corps. Cet Ange, quel que soit l'aspect humain qu'il prend ici, semble bien le Japon lui-même, et, par extension, pour nous, lecteurs, le symbole de la catastrophe contemporaine où qu'elle se produise. Mais réservons ces commentaires. Honda très vieilli fait ce que fait de nos jours un Japonais qui en a les moyens : il voyage. Le temps, récent encore, n'est plus, où il se sentait dans l'Inde anglaise un touriste de seconde catégorie. Keiko, imposante septuagénaire qui çà et là lève encore des partenaires de plaisir, l'accompagne, et s'amuse de voir le vieillard rester lié au passé par l'objet qu'on attendrait le moins : la tablette funéraire de sa femme soigneusement placée dans sa valise, bien que sa femme elle-même ait peu compté pour lui. Mais Honda n'a plus ses anciens dons de visionnaire.

Les deux vieux compagnons dînent ensemble

1. Voir note 1, page 15.

dans les ambassades (c'est ainsi qu'il leur arrive d'apprendre la mort de Chan), et dégustent ensemble leur alcool du soir. Keiko entraîne son vieil ami dans des excursions sur les grands sites de l'ancien Japon, auxquels, par une sorte de snobisme à rebours, cette Japonaise américanisée déclare maintenant s'intéresser. Ils se rendent ainsi au bord de la mer, à l'endroit où se situe l'histoire du *Nô* illustre entre tous, *Hagoromo*, et où l'Ange de l'antique poème a exécuté pour des pêcheurs éblouis sa danse d'ange avant de remonter au ciel. Mais tout pourrit : des détritus jonchent le sable ; le vénérable vieux pin qui vit la danse de l'Ange, plus qu'à moitié sec, montre moins d'écorce que de ciment coulé dans les cicatrices des branches tombées. La rue qui mène à ce site célèbre est une sorte d'allée de parc d'attractions, avec boutiques foraines, marchands de souvenirs, photographes faisant poser leurs clients dans des décors factices ou burlesques. Le correct monsieur et la dame trop pittoresquement vêtue, à l'américaine, de pantalons d'un bon faiseur et coiffée d'un feutre cow-boy, sont suivis par une marmaille admirative, qui croit reconnaître en eux d'anciennes vedettes de films[1].

Le lendemain les trouve dans une région côtière adonnée à la production en masse des fraises sous des cloches de plastique. Là, Honda accomplit l'avant-dernière de ses montées symboliques, proportionnée celle-ci à ses jambes de vieillard. Au

1. Cette fois, on accuserait volontiers Mishima de voir ce décor en noir. Aperçu, il est vrai, hors saison, il m'a paru au moins garder quelque chose de la beauté presque inaltérable de la plage, des vieux pins, et du Fuji à l'horizon.

bord d'un rivage pollué par les déchets de marées presque sinistres, une tour d'observation a été construite, d'où l'on prévient par téléphone les autorités portuaires de l'arrivée, du nom, du tonnage approximatif et de la nationalité de navires aperçus encore en haute mer. Le très jeune fonctionnaire qui braque son télescope sur les cargos se rapprochant de la côte, et en transmet la signalisation, est un adolescent à peine sorti du lycée, orphelin de père et de mère, travailleur appliqué, aux yeux intelligents et froids, mais sur le visage de qui Honda voit passer, à peine perceptible, réminiscence plutôt que présence, l'indéchiffrable sourire de Chan. Cette fois pourtant le flair du vieil homme le trahit. Honda *veut*, inconsciemment, que le miracle se reproduise, et, qui plus est, de vagues motifs intéressés se mêlent à ceux, purement affectifs, de l'antique quête, et pour ainsi dire en embrouillent les fils. Comme il est immensément riche, ses hommes d'affaires lui conseillent sans cesse de ne pas retarder plus longtemps le choix d'un héritier. Pourquoi pas ce garçon discipliné, travailleur, et point encombré d'une famille ?

À l'heure du whisky, il fait part de sa décision à Keiko qui se récrie, et pour lui prouver qu'il ne s'agit pas, comme elle est tentée de le croire, d'un soudain désir de vieillard vite séduit par un jeune garçon, encore moins d'une lubie pure et simple, lentement, maladroitement, il déroule devant elle ce tissu de rêves et de faits associés à des rêves qui a constitué en quelque sorte l'envers secret de sa vie. Keiko a beau être la plus matérialiste et la moins imaginative des femmes, quelque chose dans ce récit triomphe de son incrédulité, ou du moins lui montre pour la première fois l'existence passée de son vieil ami (et peut-être même toute vie humaine) sur d'autres plans et sous un autre éclairage. Pour la première fois aussi, l'informe réalité semble prendre un sens, si absurde ou si délirant qu'il soit. Des enquêtes de détectives privés attestent la parfaite honnêteté, les bonnes mœurs, les bonnes notes scolaires du jeune homme qui se partage entre le travail et la lecture ; on s'attendrit même sur le temps qu'il consacre, par bonté sans doute, à une fille de son âge, plus qu'à demi privée de raison, et que sa laideur met en butte aux plaisanteries du village. Toru, — c'est de lui qu'il s'agit —, est adopté, inscrit à l'université de Tokyo, et prend le nom de famille de son père adoptif. Imprudent pour la première fois, Honda néglige même le fait que la date de naissance du garçon, attestée seulement par des voisins, est incertaine, et incertaine aussi la date du décès de Chan. L'adolescent, sur le côté duquel, à travers les larges échancrures de la chemise, Honda a cru repérer les trois grains de beauté fatidiques, sera définitivement le dernier choix de sa vie.

Toru est un monstre, rendu plus monstrueux encore par son inhumaine intelligence. Ce robot créé par une société mécanisée saura profiter de sa chance. Sans goût véritable pour s'instruire, il fait ses études ; il accepte même les leçons de bonnes manières que lui donne Honda qui lui apprend à se tenir à table à l'européenne [1]. Mais le vieillard ne lui

1. Il est curieux de noter que dans les derniers temps de sa vie Mishima emmenait sa femme et son jeune compagnon Morita, qui avait fait avec lui un pacte de mort, tenu quelques mois plus

inspire que dégoût, mépris et haine. Honda de son côté pénètre avec une froide lucidité les motifs de Toru, mais l'énergie désormais lui manque pour défaire ce qu'il a fait. Au cours d'une promenade à Yokohama, Toru est tenté de pousser le vieux précairement debout à l'extrême bord d'un quai ; la prudence seule l'en empêche. Il abuse brutalement des bonnes de la maison ; il coupe le bel arbuste qui faisait les délices de Honda ; il divulgue les confidences politiques de son précepteur, communiste à qui Honda n'eût pas confié son fils adoptif, s'il avait su ses opinions. Comme Kiyoaki naguère écrivait à Satoko, avant leur amour, pour se faire valoir, le récit d'aventures érotiques qu'il n'avait pas eues, Toru dicte à la malheureuse sotte, qu'un arrangement fait par Honda lui donne pour fiancée, une lettre qu'elle copie sans voir que le contenu la déshonore, et avec elle l'ennuyeuse famille de magistrats dont elle est sortie. Mais aux feintes non sans grâces d'autrefois a succédé la malignité pure. Quand le chagrin et la solitude ont réveillé chez Honda de vagues besoins sensuels, et que le vieux voyeur se fait ramasser au cours d'une rafle dans un parc public, Toru orchestre le scandale et en profite pour demander la mise en tutelle du vieux devenu sénile.

Une pensée parfois traverse Honda : les trois membres de l'éclatante lignée sont morts jeunes ; si Toru est un maillon de la chaîne, sans doute en sera-t-il de même pour lui. Cette curieuse notion,

---

tard, dîner au restaurant à Tokyo pour apprendre à celui-ci les bonnes manières de table européennes. Nous retrouvons ici Honda, strict sur ce point avec Toru.

tirée peut-être d'une superstition populaire japonaise, aide Honda à prendre patience, mais rien n'indique chez Toru la moindre velléité de mourir à vingt ans. Assurément, Honda s'est trompé. « Les mouvements des corps célestes se poursuivaient loin de lui. Une légère erreur de calcul avait placé Ying Chan et Honda en des univers séparés. Trois réincarnations avaient occupé Honda toute sa vie (cela aussi avait été une chance inouïe), et après avoir jeté leur rai de lumière sur sa route, étaient parties en un autre éclair de lumière dans quelque coin inconnu du ciel. Peut-être, un jour, quelque part, Honda rencontrerait-il la centième, la dix millième, ou la cent millionième incarnation. » On voit que Honda est sorti du temps ; les générations et les siècles ne comptent plus. Il est déjà tout près de l'affranchissement final.

L'affranchissement immédiat de Honda sera le fruit d'une décision de Keiko. Comme Kazu, dans *Après le Banquet*, soutient de son argent et de son énergie l'homme politique qu'elle a épousé, Noguchi ; comme Satoko, dans *Neige de printemps*, prend le parti extrême de se retirer du monde, Kiyoaki dût-il en mourir ; comme Madame de Sade, dans la pièce de ce nom, par son refus de revoir son mari fait tomber le rideau sur l'insupportable drame, cette mondaine amorale, mais sage, est une *dea ex machina*. Il faut noter chez Mishima ce goût pour les femmes douées à la fois de sagacité et de force. Sous prétexte d'un grand dîner de Noël auquel elle aurait invité l'élite de Tokyo, Keiko reçoit en tête à tête Toru, qui s'était fait faire un smoking pour la circonstance. Le dîner de Noël à l'américaine est servi pour deux dans la somptueuse salle à manger de Keiko aux tapisseries d'Aubusson ; la vieille femme en splendide kimono et le jeune homme en vêtements européens étriqués prennent part à ces nourritures étrangères achetées frigorifiées ou en boîtes de conserve, symboles culinaires d'une fête liturgique qui n'en est pas une pour eux. Après le dîner, Keiko raconte à Toru ce qu'il ignorait de la vie de Honda, et en particulier la raison du choix fait de lui.

Il semble que cette extraordinaire fantasmagorie eût dû laisser indifférent un Toru : il en est, au contraire, bouleversé. Tout ce dont il se croyait sûr, — son adoption due à ses qualités réelles et factices, son pouvoir de manipuler les circonstances —, s'abat sur lui comme un château de cartes. Il réclame des preuves : Keiko lui conseille de se faire prêter par Honda le journal des rêves de Kiyoaki, où tant d'incidents et d'événements ont pris place, d'abord futurs, puis présents, ensuite passés, et sans cesser pour autant de ressembler à des songes. Toru brûle ce journal, « parce que, lui, il n'a jamais rêvé », et fait sur-le-champ une tentative de suicide.

Pour un homme qui, au moment où il écrivait ceci, préparait minutieusement, à deux ou trois mois de distance, son propre *seppuku*, le suicide manqué de Toru était sans doute la pire disgrâce qu'il pût infliger à son personnage. Déjà, en nous montrant Iinuma, qui, après avoir abusé du whisky de Honda, exhibait à celui-ci, sous les poils blancs de sa poitrine, la cicatrice d'un coup de couteau qu'il se serait donné après la mort de son fils, sans pourtant cesser de justifier son acte de délation, Mishima témoignait son dégoût des suicidés velléitaires. Le lecteur toutefois se demande si, au contraire, cette tentative de suicide, motivée chez Toru par le regret de n'avoir pas été l'arriviste ayant réussi par ses propres moyens qu'il s'imaginait être, n'est pas le seul titre du piètre jeune homme à appartenir à la lignée idéale dont Honda l'avait cru le dernier représentant. Mishima lui refuse cette prérogative, comme il lui refuse pour en venir à ses fins l'emploi viril d'une lame de couteau. L'eau-forte que Toru a essayé d'absorber ne le tue pas ; mais ses exhalaisons le rendent aveugle, symbolisme qui crève les yeux. Désormais, Honda redevient maître de sa demeure et de sa vie. Toru, au contraire, éliminé de la course au plaisir, à l'argent, au succès, et privé par la cécité de sa capacité de nuire, demeure sur place, confiné dans le pavillon dont il ne veut plus sortir. Il y a pour seule compagnie la démente aux traits hideux, mais idiotement sûre d'être belle, que son goût de régner sur un être humain lui faisait protéger autrefois. Par surcroît, ce monstre femelle est devenu obèse, et une grossesse la gonfle encore. L'Ange pourri se néglige, refuse de changer de linge et de vêtements, couché tout le jour, près de la folle, par le chaud été, dans la chambre empuantie de sueur et de fleurs fanées. Honda, venu jeter sur le couple ce qui sera un dernier regard, songe avec un amer plaisir que ses biens à lui, l'homme de raison et d'intelligence, seront un jour dévolus à des imbéciles.

Car Honda octogénaire est malade : des examens ont décelé un cancer. Mais il lui reste un dernier désir : celui de revoir Satoko, avec qui, soixante ans plus tôt, après la nuit passée par la jeune femme sur la plage avec Kiyoaki, il a partagé l'intimité du retour en limousine, tandis que Satoko lui parlait de ses amours en laissant discrètement de son soulier s'écouler du sable. Satoko est maintenant abbesse du monastère où elle a jadis pris l'habit ; Honda décide d'employer ses dernières forces à s'y rendre. Descendu dans un hôtel de Kyoto, il constate durant le trajet en automobile vers Nara le pullulement des constructions à bon marché, les pylônes de télévision meurtrissant l'ancien et pur paysage, les stations d'essence et les cimetières d'automobiles abandonnées, les débits de glaces et de coca-cola, les stations d'autobus à côté de petites usines dévorées de soleil. Puis, à Nara, dans ce lieu préservé, il retrouve un instant l'ancienne douceur nippone. Au pied de la colline, il laisse la voiture, bien que la route maintenant monte presque jusqu'au sommet. Ce sera sa dernière ascension. Suivi par le regard désapprobateur du chauffeur, le vieil homme s'engage dans le rude sentier bordé de cryptomérias, au sol strié par des bandes blanches de soleil et des bandes d'ombre noire jetées par les troncs d'arbres. À chaque banc, il se laisse tomber, épuisé. Mais quelque chose lui dit qu'il convient de refaire par cette chaude après-midi non seulement l'ascension qu'il avait faite autrefois pour Kiyoaki sous la neige, mais encore la montée plusieurs fois renouvelée de Kiyoaki lui-même à bout de forces. Reçu au monastère avec une exquise politesse, il a bientôt devant lui une Satoko octogénaire, mais restée étonnamment jeune, malgré des rides propres et comme lavées. « C'était son visage d'autrefois, mais ayant passé du soleil à l'ombre. Ces soixante ans vécus dans l'intervalle par Honda n'avaient été pour elle que le temps qu'il faut pour passer du soleil à l'ombre. »

Il s'enhardit à lui parler de Kiyoaki, mais l'abbesse paraît ne pas connaître ce nom. Est-elle sourde[1] ? Non, elle répète que Kiyoaki Matsugae lui est inconnu. Honda lui reproche cette dénégation comme une hypocrisie.

— Non, Monsieur Honda. Je n'ai rien oublié des grâces que j'ai reçues dans « l'autre monde ». Mais je crains bien de n'avoir jamais connu le nom de Kiyoaki Matsugae. Êtes-vous sûr qu'une telle personne ait existé ?

— ... Mais comment alors nous connaissons-nous ? Et les Ayakura et les Matsugae ont sûrement laissé des documents, des archives.

— Oui, de tels documents pourraient résoudre tous les problèmes dans « l'autre monde ». Mais êtes-vous vraiment sûr d'avoir connu quelqu'un qui s'appelait Kiyoaki ? Et pouvez-vous assurer que nous nous soyons rencontrés déjà ?

1. Un ami européen de Mishima m'assure que l'écrivain, peu de temps avant sa mort, l'emmena près de Nara rendre visite à l'abbesse octogénaire d'un couvent, et que celle-ci était en effet très sourde. Il y a évidemment erreur. L'abbesse, encore vivante et régnante aujourd'hui, avait une cinquantaine d'années à peine à l'époque où Mishima lui rendit plusieurs visites pour s'instruire de la vie du monastère où il a placé le renoncement de Satoko et l'illumination finale d'Honda. Très vive, encore sans aucune infirmité, elle n'a guère fait depuis, comme Satoko, que de « passer du soleil à l'ombre ». Si je corrige cette note au lieu de la supprimer, c'est pour donner une preuve de plus de la prolifération des légendes.

— Je suis venu ici il y a soixante ans.

— La mémoire est un miroir à fantômes. Elle montre parfois des objets trop lointains pour être vus, et parfois les fait paraître tout proches.

— ... Mais s'il n'y a pas eu de Kiyoaki, alors, il n'y a pas eu d'Isao. Ni de Ying Chan. Et qui sait? Peut-être moi-même n'ai-je pas existé.

— C'est à chacun de nous d'en décider selon son cœur, dit l'abbesse.

Et avant de lui donner congé, elle mène le vieillard dans la cour intérieure du monastère, brûlante de soleil, et dont les murs n'enferment qu'un merveilleux ciel vide. Ainsi finit *La Mer de la Fertilité*.

Ce qui nous importe, c'est de voir par quels cheminements le Mishima brillant, adulé, ou, ce qui revient au même, détesté pour ses provocations et ses succès, est devenu peu à peu l'homme déterminé à mourir. De fait, cette recherche est en partie vaine : le goût de la mort est fréquent chez les êtres doués d'avidité pour la vie ; on en trouve trace chez lui dès ses premiers ouvrages. L'important est surtout de cerner le moment où il a envisagé certain genre de mort, et en a fait, à peu de chose près, comme nous le disions au début de cet essai, son chef-d'œuvre.

On a mis en avant la déception de 1959, où pour la première fois un roman de lui, auquel il attachait grand prix, *La Maison de Kyoko*, connut l'échec, mais pour un écrivain aussi plein d'œuvres et de projets, autant en emporte le vent. Plus tard, beaucoup trop tard pour la question qui nous occupe, tout juste un an avant sa mort, on fera état du désappointement de voir le prix Nobel, qu'il espérait, aller à son ami et maître, le vieil et grand écrivain Kawabata, entièrement consacré, lui, à dépeindre avec un impressionnisme exquis les aspects du Japon gardant une trace de passé. Pour un homme presque naïvement avide d'honneurs venus de l'étranger, la réaction se comprend, d'autant plus que la décision de mourir sous peu excluait pour lui toute chance du même ordre, mais ce regret n'a occupé sûrement que la partie la plus superficielle de l'être ; ce qu'on sait, c'est qu'il se hâta d'aller porter au vieux maître qui considérait *La Mer de la Fertilité*, alors en bonne voie d'achèvement, comme un chef-d'œuvre, ses félicitations et ses hommages.

Sa vie avait connu d'autres revers : un certain séjour à New York, un autre à Paris, avec leurs ennuis d'argent et de carrière, et leurs soirs de quasi mortelle solitude, sont des nadirs, aggravés par le fait d'être à l'étranger un presque inconnu, alors qu'au Japon il faisait figure de vedette, et que des hôtes chaudement accueillis à Tokyo gardaient chez eux leurs distances [1]. Un certain aveu de total désarroi devant les complications de l'existence, dans un pays dont on connaît mal les usages et la langue, est de ceux que pourrait écrire tout voyageur après une journée éprouvante pour ses nerfs ; il révèle pourtant, chez cet homme qui s'est voulu fort, les plaies d'une sensibilité à vif. On ne sait pas non plus

1. Mieux vaudrait peut-être omettre l'accusation de snobisme, chaque fois qu'un étranger prend plaisir à rencontrer un grand nom qu'il connaît par les livres et qui l'exalte ou l'intéresse comme le ferait un site célèbre. « Quel snobisme ! Son plaisir à dîner avec les Rothschild... » Une telle phrase nous ferait croire qu'une tablée de Rothschild s'est réunie pour recevoir Mishima. En l'occurrence, il s'agissait de Philippe et de sa femme Pauline, lui, subtil traducteur des poètes élisabéthains, elle, d'origine américaine, que l'écrivain reçut à Tokyo, et qu'il ne pouvait que se plaire à fréquenter en France.

quelles complexités, en bien comme en mal, apporta son mariage. On nous dit que la veille Mishima brûla son journal intime : soin banal qui ne change pas grand-chose aux faits quotidiens : avec ou sans journal, la vie continue. Le peu qu'on sait montre en tout cas que Mishima fit à sa femme, du point de vue social et mondain, une place plus grande que n'était celle des épouses de la plupart des intellectuels japonais des années 60 ; on s'aperçoit aussi que, par l'horaire même de sa vie, il avait su préserver sa liberté d'écrivain et d'homme. Mais une sourde lutte pour la prépondérance semble s'être poursuivie jusqu'à la fin entre la femme et la mère. Un procès en diffamation fait par un homme politique qui s'était reconnu dans *Après le Banquet*, des attaques et des menaces de mort venues d'extrême droite (ce qui amuse quand il s'agit de cet écrivain considéré à tort ou à raison comme « fasciste »), le petit scandale causé par un recueil de photographies quasi érotiques, la plupart fort belles, et par le fait que l'écrivain, soucieux de « faire du cinéma », avait tenu en amateur un rôle de gangster dans un mauvais film à l'américaine ; une tentative plus personnelle de chantage qui le laissa, semble-t-il, ennuyé plutôt qu'accablé, tout cela ne mériterait pas qu'on en parle si d'autres n'en avaient déjà parlé.

Et pourtant, le niveau du dégoût et du vide montait, un vide qui n'était pas encore le Vide parfait du jardin de l'abbesse, mais le vide de toute vie, ratée ou réussie, ou les deux ensemble. Les forces de l'écrivain n'avaient pas diminué : ces années bouillonnent d'œuvres, du meilleur au pire. Toute prouesse d'endurance ou de discipline l'attire désormais, moins, quoi qu'on en ait dit, par sensationnalisme, qu'en tant qu'étape vers un savoir viscéral et musculaire. « L'exercice des muscles élucidait les mythes que les mots avaient créés », dit-il dans *Soleil et Acier*, essai quasi délirant composé en 1967. (Il précise plus loin : « une aveugle et malsaine foi dans les mots », ce qui est en effet un danger pour tout littérateur.) L'entraînement physique, « analogue à l'acquis de la connaissance érotique », devient voie d'accès vers une connaissance spirituelle perçue par éclairs, mais qu'une certaine inaptitude à penser en termes abstraits l'oblige à ne traduire qu'en symboles. « Même les muscles avaient cessé d'exister. J'étais enveloppé d'une sensation de pouvoir comme d'une lumière transparente. » L'expérimentation qui débouchait là avait été entreprise pour des raisons fort simples, que, pour une fois, Mishima exprime simplement : « Les disciplines physiques devenues si nécessaires à ma survie étaient en un sens comparables à la passion avec laquelle une personne qui a vécu jusque-là exclusivement de la vie du corps entreprend frénétiquement de s'instruire vers la fin de sa jeunesse. » Peu à peu, il constate que le corps, au cours de l'entraînement athlétique, « pourrait être intellectualisé à un plus haut degré et obtenir une intimité, avec les idées, plus étroite que celle de l'esprit ». Il est impossible de ne pas songer aux adjurations de la sagesse alchimique qui faisait également entrer la physiologie au cœur de la connaissance : *ού μαθειν, άλλα παθειν*[1] : ne pas s'instruire, mais subir. Ou, en

1. *Ou mathein, alla pathein.*

une formulation latine analogue : *Non cogitat qui non experitur*[1]. Mais, même au centre d'expériences que la technologie moderne a seule rendues possibles, les mythes resurgissaient du plus vieux fonds humain, et les mots étaient de nouveau nécessaires pour les exprimer. Le parachutiste, à l'intérieur d'un F-104 dont il décrit lyriquement les voltiges, se dit qu'il va connaître enfin les sensations d'un spermatozoïde au moment de l'éjaculation, confirmant ainsi tant de graffiti tracés sur tant de murs et de formes du langage populaire, pour qui toute puissante machine est phallique. Une autre image, tirée de l'expérience du parachutiste s'élançant du haut d'une tour, s'apparente aux contes magiques du romantisme : « J'avais vu autour de moi, par ce beau jour d'été, les ombres des gens fermement dessinées et attachées à leurs pieds. En sautant du sommet de la tour de métal, je me rendis compte que l'ombre que j'allais projeter dans un instant sur la terre serait une tache isolée, non reliée à mon corps. À ce moment, j'étais libre de mon ombre... » La sensation est de celles que pourrait ressentir un oiseau, s'il savait que la tache qui suit son vol est son ombre. La chambre de décompression des astronautes décèle le conflit entre l'esprit qui *sait* à quoi l'homme s'expose, et le corps qui ne sait pas, mais finalement l'angoisse s'empare de l'esprit lui-même.

1. Il est difficile, à l'auteur de *Mémoires d'Hadrien* (livre que Mishima, dans une des dernières entrevues données par lui à un journaliste français, disait apprécier), de ne pas songer à certaines réflexions prêtées à l'empereur et concernant sa propre méthode : « Tout, en somme, étant une décision de l'esprit, mais lente, mais insensible, *et qui entraîne aussi l'adhésion du corps...* »

« Mon esprit avait connu la panique et l'appréhension. Mais il n'avait jamais connu le manque d'un élément essentiel que son corps lui suppléait normalement sans qu'il ait à le demander... [À une hauteur simulée de] quarante et un mille pieds, quarante-deux mille pieds, quarante-trois mille pieds, je sentais la mort collée à mes lèvres. Une mort molle, tiède, pareille à une pieuvre... Mon esprit n'avait pas oublié que cette expérimentation ne me tuerait pas, mais ce sport inorganique me donnait une idée du genre de mort qui de toutes parts entoure la terre. » *Soleil et Acier* s'achève, toutes contradictions résolues, par l'image peut-être la plus antique du monde, celle d'un reptile lové autour de la planète, qui est à la fois, dirait-on, le dragon-nuage de la peinture chinoise et le serpent se mordant la queue des anciens traités occultistes.

Dans *Chevaux échappés*, Isao se réclame au cours de son procès du philosophe Wang Yang-ming, dont Mishima avait sur ce point fait sienne la doctrine : « Toute pensée n'est valable que si elle passe aux actes. » Et, en effet, cette quête presque tantrique cachée derrière les clichés alarmants ou gênants sur lesquels Mishima, le torse nu, la tête ceinte du bandeau traditionnel, brandit une latte de *kendo* ou pointe vers son ventre la dague qui l'éviscérera un jour, aboutit inévitablement et irrévocablement aux actes, ce qui est à la fois sa preuve d'efficacité et son danger. Mais à quel acte ? Le plus pur, celui du sage adonné à la contemplation du Vide, ce vide qui est aussi le Plein non manifesté, perçu par Honda comme un ciel violemment bleu, demande peut-être un patient entraînement qui dure des siècles. À son défaut, reste le dévouement désintéressé à une cause, à supposer qu'on puisse croire en une cause, ou faire comme si on y croyait. Nous aurons l'occasion d'examiner de près ce point. Quant aux formes plus banales en quoi peut se dégrader l'énergie pure, Mishima en avait connu, et, qui plus est, décrit la plupart. L'argent et l'apparente respectabilité n'avaient fait de Honda qu'un « misérable foin » entre les dents des dieux destructeurs. Le succès pourrit comme l'Ange. La débauche, si l'on admet que cet homme contrôlé s'y soit jamais complètement livré, était un stade dépassé. La quête de l'amour frôle celle de l'absolu : l'héroïne de *La Soif d'aimer* tue et Kiyoaki meurt, mais il semble, pour autant qu'on ose juger de ces choses-là, que l'amour a rarement joué pour Mishima un rôle essentiel. L'art, dans ce cas l'art d'écrire, semble devoir dériver à son profit cette énergie inconditionnée, mais les « mots » ont perdu leur saveur, et il sait sans doute que celui qui se consacre tout entier à écrire des livres n'écrit pas de beaux livres. La politique, avec ses ambitions, ses compromis, ses mensonges, ses bassesses ou ses forfaits plus ou moins camouflés en raison d'État, semble assurément la plus décevante de ces activités possibles; néanmoins, les derniers actes et la mort de Mishima seront « politisés ».

C'est sous cet aspect de bassesse que l'écrivain, dès 1960, l'avait vue, non sans désinvolture, dans les marchandages électoraux d'*Après le Banquet*, puis, plus mélancoliquement, dans l'une de ses pièces les plus célèbres, *Les Chrysanthèmes du dixième jour*[1], où le vieux Mori, naguère ministre des Finances, honnête serviteur de l'ordre et de l'Établissement tels qu'ils sont, se prend néanmoins de sympathie pour les jeunes idéalistes qui ont tenté de l'assassiner. Nous rejoignons ici, vu de l'angle opposé, le jeune Isao décidé à en finir avec les hommes des grands cartels et leur support étatiste. Plus âpre, la description d'intrigues policières dans *Le Koto de la joie*, où des émeutes supposées de gauche sont l'œuvre de provocateurs professionnels, et où le seul homme qui entende, comme dans une hallucination, le son délicat du luth japonais est aussi le seul au cœur pur. Plus froidement lucide, en dépit de son gênant lyrisme érotique, *Mon ami Hitler*, qui précède d'un peu plus d'un an la mort de l'auteur, et où cette expression est ironiquement placée sur les lèvres de Roehm, qui va être annihilé[2]. Aucune de ces pièces n'est à proprement parler partisane, pas plus que *Lorenzaccio* n'est une attaque contre les Médicis. C'est de la vie elle-même qu'il s'agit, et de ses

1. La fête des chrysanthèmes a lieu le 9 septembre. Les chrysanthèmes du dixième jour sont donc sentis comme le symbole de ce qui est attardé et inutile.

2. Il va sans dire que le titre lui-même était provocateur, et d'autant plus que Mishima, poussant l'ironie jusqu'au point où elle devient transparente, avait fait imprimer sur les programmes la formule suivante : « Un détestable hommage à ce dangereux héros, Hitler, par le dangereux idéologue Mishima. » Ce texte avait beau finir par une phrase lugubrement juste : « Hitler était un sombre personnage, comme le XXe siècle est un sombre siècle », l'impression de bravade n'en était que renforcée, et d'autant plus, on s'en souvient, que le Japon de la guerre du Pacifique avait été l'allié d'Hitler, et n'aimait guère qu'on le lui rappelât.

routines et de ses errements déjà perçus et dépassés. Dans *Chevaux échappés*, peu avant sa mort violente, le jeune Isao se demande « combien de temps il connaîtra encore le plaisir un peu malpropre de manger ». Une autre remarque, dédaigneuse, d'un réalisme presque déroutant, concerne les organes sexuels que promènent, sous leurs vêtements, les êtres humains. L'existence a cessé d'être sentie comme autre chose que comme un jouet futile, et un peu faussé.

Et cependant, du dégoût même des mélis-mélos politiques du temps, et, ne l'oublions pas, de la situation particulière du Japon lié par des traités à l'ancien ennemi, un partisan était né. Parler de fascisme, comme le font des critiques aimant à la fois discréditer et simplifier, c'est oublier qu'en Occident, un fasciste, chose et terme essentiellement méditerranéens au départ, se définit comme un membre de la grande ou petite bourgeoisie passant à l'attaque contre ce qu'il estime être l'agression de gauche, prenant appui sur l'industrie et la haute finance, et, là où elle existe encore, sur la grande propriété terrienne; le chauvinisme et l'impérialisme entrent vite en jeu, ne fût-ce que pour rallier les foules et pour offrir un champ d'expansion aux grandes affaires, plus tard pour soutenir une dictature branlant dans le manche. Le nazisme, phénomène germanique, noir dès le début, avec son obscène élément de racisme, s'écarte par ce côté obsessionnel du plus pragmatique fascisme, qui lui a pourtant servi d'exemple, même si les deux pinces de la tenaille finissent par se rejoindre. L'axe chez Mishima se situe un peu autrement.

Tout se passe comme si les événements qui ont précédé, accompagné, ou suivi la défaite de son pays (dont il a, nous l'avons vu, nié à plusieurs reprises qu'elle ait le moins du monde touché son adolescence), hécatombes ou suicides en masse de soldats et de civils dans les îles conquises, Hiroshima mentionné par lui en passant, bombardements de Tokyo, décrits dans *Confession d'un Masque* comme on décrirait les effets d'un monstrueux orage ou d'un tremblement de terre, procès politiques où s'exerça souvent uniquement la « justice du vainqueur », avaient été autant de chocs non perçus ou refusés par l'intelligence et la sensibilité consciente d'un jeune homme de vingt ans. Le sacrifice des *kamikaze*, pointant leur appareil privé de train d'atterrissage sur la cheminée et la chambre des machines des navires ennemis, n'avait, semble-t-il, guère ému en son temps un Mishima sortant d'un pas dansant, réformé, du bureau de conscription, accompagné par un père patriote, mais au pas également dansant. Il en alla de même du discours radiodiffusé de l'Empereur répudiant sa qualité de représentant d'une dynastie solaire, aussi bouleversant pour les masses japonaises que le serait, pour des foules catholiques, le discours d'un pape renonçant à l'infaillibilité et cessant de se considérer comme le représentant de Dieu. L'immense besoin d'en finir avec la guerre avait amorti le choc pour le jeune écrivain, comme il le fit pour les foules japonaises.

Ce n'est qu'en 1966, dans le premier de ses écrits nettement politisés, *Les Voix des morts héroïques*, que Mishima s'aperçoit, ou du moins dit très haut, que dans l'optique du Japon ancien, qui était la leur, les *kamikaze* sont morts pour rien, le renoncement de l'Empereur à son rôle de symbole divin ayant enlevé tout sens à ces fins héroïques. « De courageux soldats sont morts parce qu'un dieu leur a ordonné de combattre, et moins de six mois plus tard, cette sauvage bataille s'est arrêtée d'un seul coup parce qu'un dieu avait ordonné le cessez-le-feu. Mais Sa Majesté a déclaré : "En vérité, je suis moi-même un mortel." Et cela moins d'un an après que nous étions lancés comme des grenades contre les flancs des navires ennemis, pour notre empereur, qui était dieu ! Pourquoi l'Empereur est-il devenu un homme ? » Ce poème, car ce morceau de prose est un poème, qui indigna également la gauche et l'extrême droite, offensée qu'on critiquât l'Empereur, est contemporain d'un autre où Mishima dénonce le Japon « au ventre plein » de son temps, et constate que « le plaisir même a perdu sa saveur » et que « l'innocence est vendue au marché », depuis que l'ancien idéal nippon a été trahi. Les grandes voix de notre vie traversent souvent une zone de silence avant de nous atteindre. Pour l'écrivain révulsé par la veulerie de l'époque, ces jeunes voix des *kamikaze*, vieilles tout au plus d'il y a vingt ans, sont devenues entre-temps ce que Montherlant eût appelé « des voix d'un autre monde ».

L'occupation américaine et ses longues séquelles de traités retenant le Japon dans la zone d'influence yankee ne semblent, elles aussi, l'avoir atteint qu'à retardement. L'occupation n'avait été évoquée, on l'a vu, dans *Couleurs interdites*, que par la présentation de quelques fantoches débauchés ; dans *Le*

Pavillon d'or que par la scène, il est vrai dévastatrice, du géant américain en uniforme, plus qu'aux trois quarts ivre, forçant le séminariste terrifié à marcher sur le ventre d'une fille et le repayant de deux paquets de cigarettes. Mais cet incident pouvait avoir été choisi sans prise de parti xénophobe par un romancier amateur de situations fortes. Dans *Le Temple de l'Aube*, situé en 1952, l'occupation elle-même est tenue à l'arrière-plan, mais très en évidence les petits profits qu'en tirent ceux, et surtout celles, qui savent s'y prendre; et les filles de joie ricanent, quand elles regardent à travers un canal de la rivière Sumida qui s'écoule, polluée, dans le Tokyo moderne du plaisir et des affaires, le parc d'un hôpital américain où reposent sur des chaises longues les éclopés et les mutilés de la guerre de Corée.

Revenons en arrière pour considérer, cette fois du seul point de vue politique, le premier roman de Mishima centré sur un protestataire, *Chevaux échappés*, situé dans le paysage d'inflation, de misère paysanne, d'émeutes et d'assassinats politiques réels du Japon de 1932. Des troubles de cette année-là, Mishima âgé de six ans avait perçu fort peu de chose, et, du coup d'État manqué de 1936, dont sortira l'admirable film, *Patriotisme*, juste assez sans doute pour que ces incidents remontent, gardés en réserve, du fond de sa conscience d'homme de quarante ans. Dans *Chevaux échappés*, Isao prémédite de bombarder, avec l'aide d'un pilote de l'armée de l'air, des points stratégiques de Tokyo, puis y renonce en faveur du plan à peine moins dangereux qui consiste à lancer des proclamations dénonçant la corruption d'un cabinet soumis aux hommes d'affaires, et à promettre son remplacement immédiat par un autre, sous les ordres directs de l'Empereur. Le coup comporte aussi l'occupation par des moyens terroristes des centrales électriques, de la Banque du Japon, et, but suprême, l'assassinat des douze membres les plus influents du *Zaibatsu*. Ce plan échouant, il se contente avant de mourir d'en tuer un seul, le vieux Kurahara, bonhomme sentimental à la larme facile, qui cache un redoutable loup-cervier. Ces projets et ce crime font d'Isao, certes, un terroriste authentique, mais le mettent à mille lieues d'un fasciste occidental, qu'on n'a jamais vu tuer un banquier.

Tout d'abord, une scène à la Mishima, d'une ironie à la fois plate et grinçante, nous montre, invités à dîner par l'un d'eux, et flanqués de leurs gardes du corps à trognes d'assassins qui dînent dans la pièce voisine, les personnages les plus cotés du *Zaibatsu*. En contrepoint à la conversation insipide des dames se poursuit un entretien typique d'hommes au courant, qui considèrent l'inflation comme une manœuvre à la fois indispensable et habile (« c'est bien simple, on n'a qu'à placer son argent en denrées ou en matières premières ») et jugent le drame de la classe paysanne acculée à la famine ou à l'expropriation comme un de ces faits historiques marginaux qu'il faut accepter. Un jeune vicomte, resté plus sensible, peut-être parce qu'il n'est encore nanti d'aucun poste, cite une lettre envoyée par le père d'un conscrit aux autorités militaires, expliquant que, quelque tristesse qu'il éprouve à formuler un tel vœu à l'égard d'un bon fils, il souhaite que ce fils tombe le plus tôt possible au champ d'honneur, puisque, dans l'état actuel de misère et de marasme au village, il ne serait plus dans la ferme paternelle qu'une bouche inutile. Quelques personnes s'attristent, mais on fait remarquer au jeune idéaliste, vite embarrassé par sa propre audace, que la grande politique ne connaît pas les cas particuliers. Certains de ces dîneurs sont ce qui subsiste de l'aristocratie de nom et d'argent du début de la tétralogie. Le marquis Matsugae, père de Kiyoaki, rougit du fait qu'en dépit de sa place à la Diète, son manque d'importance est tel que la police ne lui fournit pas de garde du corps.

Que ces mêmes descriptions de la « classe dominante » et ces mêmes projets terroristes eussent pu aussi bien émaner d'un écrivain d'extrême gauche, Mishima ne l'ignorait pas[1]. Et avant 1969 il accepte, non sans courage (car le terrorisme s'exerçait de part et d'autre), un débat public avec le puissant groupe des étudiants gauchistes à l'Université de Tokyo. Débat courtois, somme toute, et sans l'aspect d'obtuse incompréhension qui caractérise souvent en Europe la Droite et la Gauche mises en présence. Après la séance, Mishima envoya ses honoraires de conférencier à la caisse du parti, par une politesse qui rappelle le geste des kendoïstes se saluant après le combat. À l'un des biographes américains de

1. Il est intéressant de comparer à *Chevaux échappés* deux œuvres du jeune écrivain communiste, Takiji Kobayashi, tué par la police en 1933, *Bateau-Usine*, et *Le Propriétaire forain*, qui ont aussi pour point de départ la misère et la famine dans les régions rurales. *Narayama* (1958), de Shichiro Fukazawa, est aussi un grand poème de la faim.

Mishima, Henry Scott-Stokes, j'emprunte ces quelques remarques que l'écrivain lui aurait faites après cette rencontre : « J'ai découvert que j'avais avec eux beaucoup de points communs, l'idéologie rigoureuse et le goût de la violence physique, par exemple. Eux et moi, nous représentons une nouvelle espèce de Japon. Nous sommes des amis séparés par des barbelés ; nous nous sourions sans pouvoir nous embrasser. Nos buts se ressemblent ; nous avons sur la table les mêmes cartes, mais je possède un atout qu'ils n'ont pas : l'Empereur. »

L'Empereur... *Tenno heïka Banzai* ! (Longue vie à l'Empereur !) sera le dernier cri de Mishima mourant et du compagnon qui mourut avec lui. Il lui importe peu qu'Hirohito, fidèle en cela au rôle auquel le restreignent les circonstances, soit un chef d'assez médiocre envergure (encore qu'il ait pris au cours de son règne, poussé peut-être par son entourage, deux décisions que Mishima ne pouvait que désapprouver, l'écrasement du coup d'État militaire de 1936 et la renonciation à son rang de divinité solaire). De même, il importe peu à un partisan passionné du pouvoir papal que le pontife de son temps soit médiocre ou non. En fait, l'Empereur n'a guère été tout-puissant au Japon qu'au temps des légendes. Les empereurs Heian, tenus en laisse par leurs ministres sortis de deux grands clans rivaux, abdiquaient jeunes, laissant d'ordinaire un héritier en bas âge qui assurait aux vrais dirigeants tous les bénéfices d'une régence. Plus tard, les Shogun, dictateurs militaires qui préparèrent de longue main le Japon moderne, gouvernèrent à Kamakura, puis à Edo (le Tokyo d'aujourd'hui), entourés d'une cour où se pressaient les ambitieux et les habiles, tandis que l'Empereur et la sienne menaient à Kyoto une existence entourée de prestige, mais réduite à des activités culturelles ou rituelles. Plus près de nous enfin, l'empereur Meiji installé à Tokyo en 1867, avait davantage régné, mais subordonné aux forces quasi irrésistibles de la modernisation, de l'industrialisation, du parlementarisme, à toute cette imitation de l'étranger que dénonçait en 1877 le groupe de samouraïs protestataires tant révérés du jeune Isao. (Quand on pense à ce que le « progrès » allait apporter au Japon à moins d'un siècle de leur aventure, on n'est plus tenté de ridiculiser ces samouraïs qui, par haine de la modernisation venue de l'étranger, s'isolaient, passant sous les fils télégraphiques, en se faisant écran de leur éventail de fer.) La restauration de l'Empereur au rang de monarque à la fois effectif et mystique, protecteur des humbles et des opprimés, a été fréquemment au Japon le « grand dessein » d'idéalistes affligés par l'état du monde, même si, pour l'accomplir, il fallait affronter « l'établissement » impérial lui-même. Isao contemplant un sombre soleil couchant murmure à ses affiliés : « Le visage de Sa Majesté est visible dans le soleil couchant. Et le visage de Sa Majesté est troublé... » Ce loyaliste est de droite par sa fidélité à l'Empereur, de gauche par son attachement aux paysans opprimés et affamés. En prison, il a honte d'être mieux traité que les communistes qu'on roue de coups.

C'est pendant qu'il terminait *Chevaux échappés*, que Mishima, emporté désormais par ce qu'il appelle la Rivière de l'Action, fonde la Société du Bouclier, le *Tatenokai*, groupement d'une centaine d'hommes, chiffre qu'à l'en croire il s'était fixé, auxquels il donne à ses frais une formation paramilitaire. Ce type toujours dangereux de milices surgit presque fatalement dans tout pays restreint par des traités à une armée faible et à une politique dans le sillage et à la remorque de celle de l'ancien ennemi. La Société du Bouclier se bornait-elle à ces exercices de combat auxquels participait Mishima lui-même, sous l'égide d'un régiment de l'armée régulière cantonné au pied du Fuji ? Ce bouclier (il ne déplaît pas à Mishima de le désigner en anglais par le sigle SS, *Shield Society*, bien qu'il n'ignorât pas évoquer ainsi des précédents atroces), nous savons qu'il est, dans l'esprit de son chef, « le Bouclier de l'Empereur ». Dans nombre de sociétés secrètes, les buts précis (autres que ceux, dans le cas qui nous occupe, d'une sorte de scoutisme guerrier pour adultes) demeurent voilés, non seulement pour le public, mais pour les affiliés, et peut-être pour le chef lui-même : « La Société du Bouclier est une armée en état d'attente. Impossible de savoir quand notre jour viendra. Peut-être jamais, peut-être au contraire demain. Jusque-là, nous restons au garde-à-vous. Pas de démonstrations dans les rues, pas de placards, pas de discours publics, pas de combats au cocktail Molotov ou à coups de pierres. Jusqu'au dernier et pire moment, nous refusons de nous commettre par des actes. Car nous sommes la plus petite armée du monde et la plus grande par l'esprit. » Cet esprit toutefois ne se manifeste que platement en une sorte de chanson patriotique d'étudiants composée par Mishima, couplets qui prouvent à quel point un groupe de cent hommes est déjà une foule attendant, comme telle, sa pâture de clichés [1].

Il est presque impossible que l'homme qui, à la même époque, décrivait Isao se cherchant des complices en vue d'un coup d'État, n'ait pas envisagé des engagements analogues. Néanmoins, en octobre 1969, au moment de la ratification des nouveaux traités américains, à l'occasion de laquelle on avait craint de fortes émeutes de gauche, qui ne se produisirent pas (l'extrême droite, également désapprobatrice, ne bougea pas non plus), l'état-major exigu du *Tatenokai* s'était rassemblé dans un hôtel de Tokyo ; Morita, aide de camp de Mishima, et qui allait être un an plus tard son compagnon de mort, proposa l'occupation de la Diète, comme l'eût fait Isao lui-même, dont il avait à peu près l'âge. Mishima s'y opposa, jugeant qu'on ne fût allé qu'à l'échec. Il avait fait son profit de sa propre description du désastre d'Isao.

Il est facile de tourner en dérision l'uniforme théâtral choisi par le Bouclier. Une photographie

1. Le mot impérialiste, souvent employé par les biographes de Mishima, induit en erreur encore plus que le mot fasciste. Ni Isao, si indifférent à la guerre du Manchuko, ni même le Mishima du manifeste du 25 novembre 1970 ne sont à proprement parler des impérialistes. Ce sont des loyalistes et des nationalistes d'extrême droite. Que l'impérialisme eût resurgi, si le rêve de restauration impériale et de dénonciation des traités se fût réalisé, est d'ailleurs probable, mais nous entraîne hors de cadre.

montre Mishima dans la tunique à double rang de boutons et sous la casquette à visière, assis, entouré de lieutenants vêtus de même. À sa droite, Morita, défini par les uns comme un imbécile, par les autres comme né pour commander et de beaucoup le meilleur du groupe, très beau dans sa jeune force, avec le visage lisse et plein de certains bronzes asiatiques du XVIIe siècle[1]; derrière eux, trois jeunes gens qui serviront un jour de témoins au suicide : Furu-Koga, Ogawa, et Chibi-Koga. Ces jeunes hommes (la plupart des adhérents sortaient du milieu étudiant) donnent une impression d'immaturité et de fragilité, mais Furu-Koga allait démontrer un an plus tard son habileté au sabre. En dépit des physionomies japonaises, les roides uniformes font penser à l'Allemagne et à la vieille Russie. Mais il faut peut-être s'attendre à ce qu'un célèbre dramaturge, promu homme d'action, ou s'efforçant de l'être, traîne après soi des bribes de costumes et d'accessoires de théâtre, tout comme un professeur porte dans l'action politique son style de professeur.

Le *Tatenokai* fut dissous sitôt la mort de Mishima, et selon ses ordres, ce qui ne prouve pas nécessairement qu'il ne s'agissait que d'un jouet façonné, puis rompu, pour son seul plaisir, par un exhibitionniste ou un mégalomane. Cette poignée d'hommes embrigadés semblait aux contemporains insignifiante, sinon anodine, un rien ridicule, mais il n'est

1. Cette beauté est surtout visible dans une photographie, tête nue, où, comme on l'a dit, le visage de Morita n'est pas sans ressemblance avec celui d'Omi, l'idole du collège de *Confession d'un Masque*.

pas sûr que nous puissions encore en juger ainsi. Nous avons trop vu combien de pays crus occidentalisés, ou en passe de le devenir, et apparemment contents de l'être, nous réservent de surprises, et comment, dans chaque cas, les bouleversements sont le fait de petits groupes d'abord dédaignés ou traités par l'ironie. Si jamais une révolution nationale et réactionnaire triomphe, fût-ce brièvement, au Japon, comme elle le fait en ce moment dans certains pays d'Islam, le Bouclier aura été un précurseur.

L'erreur grave du Mishima de quarante-trois ans, comme celle, plus excusable, de l'Isao de vingt ans en 1936, est de n'avoir pas vu que, même si le visage de Sa Majesté resplendissait de nouveau dans le soleil levant, le monde des « ventres pleins », du plaisir « éventé » et de l'innocence « vendue » resterait le même ou se reformerait, et que le même *Zaibatsu*, sans lequel un État moderne ne saurait subsister, y reprendrait sa place prépondérante, sous le même nom, ou d'autres noms. Ces remarques quasi primaires, mais toujours utiles à réitérer, sont plus pertinentes que jamais en un temps où c'est non seulement un groupe, un parti ou un pays qui souffre d'une espèce de pollution, mais la terre. Il est étrange que l'écrivain qui a si bien décrit dans *La Mer de la Fertilité* un Japon arrivé sans doute au point de non-retour ait cru qu'un geste violent puisse y changer quelque chose. Mais son entourage, tant japonais qu'européen, semble avoir été plus incapable encore que nous ne le sommes de juger le fond de désespoir d'où sortaient ses actes. En août 1970, trois mois avant l'accomplissement du *seppuku*, le biographe anglais de Mishima s'étonne de l'entendre déclarer le Japon sous le coup d'une malédiction : « "L'argent et le matérialisme règnent ; le Japon moderne est laid", disait-il. Puis, il eut recours à une métaphore. "Le Japon, reprit-il, est victime du serpent vert. Nous n'échapperons pas à cette malédiction-là." » Le journaliste-biographe continue : « Je ne savais comment interpréter ses paroles. Quand il sortit, [l'un de nous] dit : "Il est dans un de ses accès de pessimisme ; c'est tout." Nous nous mîmes à rire, mais mon rire à moi ne fut que du bout des lèvres. Un serpent vert : qu'en pensez-vous ? »

Ce serpent vert, symbole d'un mal devenu irréparable, c'est évidemment celui qui s'échappe, visible dans la pâleur de l'aube, de la villa incendiée de Honda, tandis que les survivants, prudemment assis sur l'autre bord de la piscine à l'américaine, dont l'eau reflète des ruines mal éteintes, reniflent l'odeur de brûlé du couple trop drogué pour avoir pu fuir, et que le chauffeur, comme si de rien n'était, descend au village chercher les éléments d'un petit déjeuner. C'est aussi le serpent qui mord au pied l'inconsistante Chan, qui en meurt. L'image d'un reptile qui est le Mal est vieille comme le monde. On se demande toutefois si celle-ci, plus biblique peut-être qu'extrême-asiatique, ne sort pas du fond des lectures européennes de Mishima. En tout cas, dès le premier volume de la tétralogie, dans l'anecdote en apparence assez simpliste de l'émeraude perdue, le vert de la gemme en contient déjà le reflet.

L'un des biographes de Mishima a pris la peine de relever les noms de dix écrivains japonais bien connus ayant fini par le suicide au cours des premières soixante années du siècle. Ce nombre n'étonne pas, dans un pays qui a toujours honoré les fins volontaires. Mais aucun d'entre eux n'était mort dans la grande manière. La mort de Mishima au contraire sera le traditionnel *seppuku* protestataire et admonitoire, l'éventrement, suivi immédiatement de décapitation par le sabre quand la présence d'un second le permet. (Les derniers grands suicides accomplis dans le désarroi de la défaite, vingt-cinq ans plus tôt, celui de l'amiral Onishi, chef des unités *kamikaze*, celui du général Anami, ministre de la Guerre, et ceux d'une vingtaine d'officiers qui, après la capitulation, avaient accompli le *seppuku* sur le seuil du palais impérial ou sur un champ de manœuvres, semblent s'être tous passés de second et de coup de grâce.) Les descriptions de *seppuku* envahissent désormais toute l'œuvre de Mishima. Dans *Chevaux échappés*, c'est le suicide en masse des samouraïs révoltés de 1877 dont l'aventure avait enflammé Isao. Vaincus par l'armée régulière, les quatre-vingts survivants s'étaient rituellement éventrés, les uns sur la route, d'autres encore au sommet d'une montagne consacrée au culte shinto. Suicides parfois truculents, comme celui du héros glouton qui se gorge avant de s'ouvrir le ventre, d'autres attendris par la présence d'épouses qui elles aussi décident de mourir : cette incroyable cascade de sang et d'entrailles horrifie et en même temps exalte comme tout spectacle de total courage. Quelque chose de la pure simplicité des rites shinto, que ces hommes ont accomplis avant de se décider à combattre, flotte encore sur ce spectacle de boucherie, et les soldats mis sur la trace des rebelles gravissent à pas le plus lent possible la montagne, pour leur laisser le temps de mourir en paix.

Isao, lui, rate à demi son suicide. Pressé, près d'être arrêté, il n'attend pas le moment sublime dont il avait souvent rêvé : « Assis sous un pin, au bord de la mer, au soleil levant. » La mer est là, noire dans la nuit, mais aucun pin tutélaire ne se dresse, et il n'est pas question non plus d'attendre le lever de soleil. Par une intuition de génie dans ce domaine, en lui-même si insondable, de la douleur physique, Mishima accorde au jeune rebelle l'équivalent du lever de soleil qui pour lui viendra trop tard : la douleur fulgurante du coup de dague dans les entrailles est l'équivalent de la boule de feu ; elle s'irradie en lui comme les rais d'un soleil rouge.

Dans *Le Temple de l'Aube*, nous trouvons sous la forme d'un sacrifice animal l'équivalent du dernier acte du *seppuku* traditionnel, la décapitation. À Calcutta, dans le temple de Kali la Destructrice, Honda contemple avec une curiosité et un écœurement contrôlés le sacrificateur qui détache d'un seul coup la tête d'un chevreau, une seconde plus tôt tremblant, résistant, bêlant, et désormais inerte, brusquement changé en chose. *Patriotisme* mis à part, sur lequel nous reviendrons, d'autres répétitions générales ont lieu : au théâtre, dans une pièce de *Kabuki* où Mishima joue un rôle de samouraï qui se suicide ; dans un film, où il tient un rôle de comparse exécutant le même geste. Surtout, enfin, dans un dernier album de photographies publiées plus tard à titre posthume, moins voluptueuses que celles du premier album, *Torture par les roses*[1], et dans lequel on le voit subissant divers genres de mort, étouffant dans la boue, ce qui est, certes, un symbole ; écrasé par un camion chargé de ciment, ce qui en est peut-être un autre, ou à plusieurs reprises accomplissant le *seppuku*, ou encore en Saint Sébastien percé de flèches, poignant cliché justement célèbre. On peut choisir de voir dans de telles images l'exhibitionnisme et l'obsession malsaine de la mort, explication certes la plus commode pour un Occidental ou même un Japonais d'aujourd'hui, ou, au contraire, une préparation méthodique en vue de l'affrontement des fins dernières, telle que la recommande le fameux traité *Hagakure* inspiré au XVIIIe siècle par l'esprit samouraï, et qu'avait plus d'une fois relu Mishima :

> Chaque jour, attendez-vous à la mort, afin, quand son temps viendra, de mourir en paix. Le malheur, quand il vient, n'est pas si affreux qu'on le craignait...
>
> Travaillez chaque matin à calmer votre esprit, et imaginez le moment où vous serez peut-être déchiré ou mutilé par des flèches, des coups de feu, des lances et des sabres, emporté par d'énormes vagues, jeté aux flammes, frappé par la foudre, renversé par un tremble-

1. Quand on sait que Mishima supervisa la traduction en japonais du *Martyre de saint Sébastien* de D'Annunzio, et le fit représenter à Tokyo, on se demande si ce titre n'est pas inspiré par le passage où, dans cette belle pièce trop longue et trop lyrique pour la scène, l'Empereur se propose de faire étouffer Sébastien sous un monceau de roses.

ment de terre, tombé dans un précipice, ou mourant de maladie ou au cours d'une occurrence imprévue. Mourez en pensée chaque matin, et vous ne craindrez plus de mourir.

COMMENT SE FAMILIARISER AVEC LA MORTou L'ART DE BIEN MOURIR. Il y a chez Montaigne des messages analogues (on en trouverait aussi de tout contraires) et, chose plus curieuse, un paragraphe au moins de Madame de Sévigné, méditant sur sa propre mort en bonne chrétienne, qui rend quelque peu le même son. Mais c'était encore l'époque où l'humanisme et le christianisme regardaient sans ciller leurs fins dernières. Toutefois, il semble ici qu'il s'agisse moins d'attendre la mort de pied ferme que de l'imaginer comme l'un des incidents, imprévisible dans sa forme, d'un monde en perpétuel mouvement dont nous faisons partie. Le corps, ce « rideau de chair » qui sans cesse tremble et bouge, finira déchiré en deux ou usé jusqu'à la corde, sans doute pour révéler ce Vide que Honda n'a perçu que trop tard et avant de mourir. Il y a deux sortes d'êtres humains : ceux qui écartent la mort de leur pensée pour mieux et plus librement vivre, et ceux qui, au contraire, se sentent d'autant plus sagement et fortement exister qu'ils la guettent dans chacun des signaux qu'elle leur fait à travers les sensations de leur corps ou les hasards du monde extérieur. Ces deux sortes d'esprits ne s'amalgament pas. Ce que les uns appellent une manie morbide est pour les autres une héroïque discipline. C'est au lecteur à se faire une opinion.

Patriotisme (Yukoku), l'une des plus remarquables nouvelles qu'ait écrites Mishima, a été filmé, mis en scène, dirigé et joué par l'auteur dans un décor de *Nô* adapté au style modeste d'une maison bourgeoise de 1936. Le film, plus beau et plus traumatisant encore que la nouvelle qu'il condense, est à deux personnages : Mishima lui-même dans le rôle du lieutenant Takeyama, et une très belle jeune femme chargée du rôle de l'épouse.

Nous sommes le soir du jour où la révolte d'officiers de la Droite fut écrasée par ordre d'en haut, et les rebelles seront exécutés sur-le-champ. Le lieutenant appartenait à leur groupe, mais a été mis à l'écart par eux au dernier moment, par pitié pour son état de jeune marié. Tout commence par les gestes très quotidiens de la jeune femme qui a appris les nouvelles par les journaux, sait que son mari ne voudra pas survivre à ses camarades, et a décidé de mourir avec lui. Elle s'occupe avant son retour à empaqueter avec soin quelques bibelots qui lui sont chers, et à calligraphier sur les colis l'adresse de parents ou d'anciennes camarades d'école auxquels ils sont destinés. Le lieutenant rentre. Son premier geste est de secouer la neige de sa capote, que suspend la jeune femme ; le second, également prosaïque, est d'enlever ses bottes dans l'antichambre, appuyé au mur, en chancelant un peu sur une jambe comme on le fait en pareil cas. Pas un instant, sauf un seul, d'ailleurs fort bref, l'acteur-auteur ne *joue* au cours du drame ; il fait les gestes qu'il faut, c'est tout. Nous revoyons le lieutenant et sa femme assis face à face sur une natte, sous l'idéogramme LOYAUTÉ qui décore le mur nu, et on est tenté de penser que ce mot conviendrait mieux comme titre à la nouvelle et au film que celui de patriotisme, puisque le lieutenant va mourir par loyauté envers ses camarades, la jeune femme par loyauté envers son mari, alors que le patriotisme proprement dit ne figure qu'au moment où tous deux prient brièvement pour l'Empereur devant l'autel domestique, ce qui est encore dans ce cas, et après l'écrasement de la révolte, une forme de loyauté.

Le lieutenant annonce sa décision, la jeune femme la sienne, et, pour un instant, où Mishima cette fois *joue*, l'homme pose sur la femme un long regard mélancolique et tendre, où se révèlent pleinement ses yeux qui seront durant l'agonie sans cesse ombragés par la visière d'uniforme, un peu comme ceux d'une statue de Michel-Ange par un casque. Mais cet attendrissement ne dure pas. Son geste suivant démontre à la jeune femme, puisqu'il n'a pas de second pour la rituelle décapitation, comment faire pénétrer davantage la dague dont il essaiera, avec des forces déjà faiblissantes, de se percer la gorge[1]. Ensuite, ils sont nus, et font

1. Un des biographes de Mishima, John Nathan, trouve que l'attitude du lieutenant envers sa femme est d'un « anormal » parce qu'il lui demande d'assister à sa mort et de l'aider à lui porter le coup de grâce. Un stoïcien n'eût rien pensé de pareil, et Montaigne eût placé Reiko à la suite de ses « Trois bonnes femmes » (*Essais*, livre II, chap. XXXV).

l'amour. Nous ne voyons pas le visage de l'homme ; celui de la femme est tendu de douleur et de joie. Mais rien d'un porno : la segmentation de l'image montre des mains plongées dans la forêt d'une chevelure, ces mains qui tantôt, caressants fantômes, entouraient la jeune femme au cours des derniers préparatifs, lui rappelant l'absent ; des fragments de corps surgissent et disparaissent : l'abdomen un peu creusé de la jeune épouse, sur lequel la paume de l'homme passe et repasse tendrement à l'endroit où il va bientôt se frapper lui-même. Les voici rhabillés, elle dans le kimono blanc du suicide, lui dans son uniforme et coiffé de nouveau de la casquette à visière. Assis devant une table basse, ils calligraphient leur traditionnel « poème d'adieu ».

Puis, l'horrible boulot commence. L'homme laisse glisser le long des cuisses le pantalon d'uniforme, enveloppe méticuleusement les trois quarts de la lame de sabre dans l'humble papier de soie des usages domestiques et hygiéniques, évitant ainsi de couper les doigts qui doivent guider l'acier. Avant l'opération finale, il reste pourtant à faire un dernier essai : il se pique légèrement, de la pointe du sabre, et le sang jaillit, gouttelette imperceptible, qui, différente des ruissellements qui vont suivre, nécessairement imités par des moyens de théâtre, est, elle, authentiquement le sang de l'acteur et « le sang du poète ». L'épouse le regarde faire, retenant ses larmes, mais, comme nous tous aux grands moments, nous le savons seul, enfermé dans ces détails pratiques qui forment, dans chaque cas, l'engrenage du destin. L'entaille d'une précision chirurgicale coupe, non sans peine, les muscles abdominaux qui résistent, puis remonte pour compléter l'ouverture. La visière garde au regard son anonymat, mais la bouche se crispe, et, plus émouvant encore que les flots d'entrailles de cheval de corrida blessé qui maintenant ruissellent à terre, le bras tremblant remonte avec un immense effort, cherchant la base du cou, enfonce la pointe que la jeune femme, selon l'ordre reçu, fait pénétrer davantage. C'est fait : le haut du corps s'effondre. La jeune veuve passe dans la pièce voisine, et, gravement, retouche son maquillage plâtré et poudré de femme japonaise d'antan, puis revient sur le lieu du suicide. Le bas du kimono blanc et les chaussettes blanches sont trempés de sang ; la longue traîne semble en balayant le sol y calligraphier quelque chose. Elle se penche, essuie la sanie sur les lèvres de l'homme, puis, très vite, d'un geste stylisé, car on ne supporterait pas deux fois de suite une agonie réaliste, s'égorge à l'aide d'une petite dague qu'elle tire de sa manche, comme les Japonaises apprenaient naguère à le faire. La femme tombe diagonalement sur le corps prostré de l'homme. L'humble décor disparaît. La natte se change en un banc de sable ou de fin gravier, plissé, semble-t-il, ainsi qu'un manteau de *Nô*, et, comme sur un radeau, les deux morts partent à la dérive, emportés vers l'éternité où ils sont déjà. Seul, de temps en temps, rappel du monde extérieur en ce soir d'hiver et allusion aux mises en place traditionnelles du *Nô* d'autrefois, un petit pin couvert de neige sera vu, dehors, l'espace d'un instant, dans le modeste jardinet de ce drame de courage et de sang.

Si je me suis attardée si longuement sur ce film, qui constitue en un sens une sorte d'avant-première, c'est que la comparaison avec le *seppuku* de Mishima lui-même nous permet de mieux définir la distance entre la perfection de l'art, qui montre, dans une sombre ou claire lumière d'éternité, l'essentiel, et la vie avec ses incongruités, ses ratés, ses malentendus déroutants, dus sans doute à notre incapacité d'aller jamais, au moment où il le faudrait, au-dedans des êtres et au fond des choses, mais aussi, et par là même, cette incalculable étrangeté de la vie « à cru », et qu'on pourrait dire, d'un mot déjà usé, existentielle. Comme dans *L'Évangile selon saint Matthieu* de Pasolini, où Judas courant vers sa fin n'est plus un homme, mais un tourbillon, il se dégage de ces derniers moments de la vie de Mishima l'odeur d'ozone de l'énergie pure.

C'est environ deux ans avant sa fin que se produit pour Mishima cette aubaine qui semble toujours s'offrir, dès que la vie acquiert une certainc vitcssc et un certain rythme. Un personnage nouveau fait son entrée, Morita, alors âgé de vingt et un ans, provincial élevé dans un collège catholique, beau, un peu trapu, brûlant de la même flamme loyaliste que celui qu'il va bientôt appeler son maître *(Sensei)*, terme honorifique donné par les étudiants à leurs instructeurs. On a dit que le goût de l'aventure politique a crû, chez Mishima, en proportion de la fougue du jeune homme ; nous l'avons vu pourtant retenir son cadet en 1969, lors d'un projet d'attentat. On voudrait presque croire que certains aspects déplaisants du *seppuku* des deux hommes[1] provenaient de l'imagination du plus jeune, peut-être gorgé de films et de romans de violence, mais Mishima n'avait pas besoin d'être incliné dans ce sens. On peut tout au plus croire à un regain d'élan de sa part en trouvant enfin (Morita fut le dernier venu à s'inscrire sur la liste du Bouclier) le compagnon et peut-être le séide cherché. On nous montre ce jeune homme énergique, si endurant qu'il avait d'emblée participé aux exercices du *Tatenokai*, traînant dans son plâtre sa jambe cassée du fait d'un accident de sport, « suivant partout Mishima comme une fiancée », phrase qui prend une valeur quand on pense que le mot fiançailles signifie l'acte d'engager sa foi, et qu'on ne peut guère l'engager plus qu'en promettant de mourir. Un biographe qui base son explication de Mishima sur des données presque exclusivement érotiques, a beaucoup insisté sur le côté sensuel, d'ailleurs hypothétique, de cet attachement ; on s'en est servi pour essayer de faire du *seppuku* un *shinju*, le suicide à deux si fréquent dans les pièces du *Kabuki*, le plus souvent

1. Je pense aux incidents de type terroriste dans les bureaux du ministère de la Défense nationale.

accompli par une fille du quartier réservé et par un jeune homme trop pauvre pour racheter ou conserver son amante, et le plus fréquemment sous forme de noyade[1]. Il n'est pas croyable que Mishima, qui travaillait depuis six ans à préparer sa mort rituelle, ait monté cette mise en scène compliquée d'appel aux troupes et de protestation publique précédant la mort dans la seule intention de fournir un décor à un départ à deux. Plus simplement, et il s'était expliqué sur ce point dans son débat avec les étudiants communistes, il en était arrivé à penser que l'amour lui-même était devenu impossible dans un monde privé de foi, les amants étant comparés aux deux angles de base d'un triangle, et l'Empereur qu'ils vénèrent à son sommet. Remplacez le mot empereur par le mot cause, ou par le mot Dieu, et vous arriverez à cette notion d'un fond de transcendance nécessaire à l'amour, que j'ai autrefois discuté ailleurs. Morita, par son loyalisme presque naïf, répondait à cette exigence. C'est tout ce qu'on peut dire, sauf pourtant qu'il est peut-être simple que deux êtres qui ont résolu de mourir ensemble, et l'un par l'autre, veuillent d'abord, au moins une fois, se rencontrer dans un lit, et c'est là une notion à laquelle l'ancien esprit samouraï n'eût certes pas contrevenu.

Tout est fin prêt. Le *seppuku* est pour le 25 novembre 1970, jour auquel le dernier volume

1. Le double suicide tenté par Saigo, le grand agitateur libéral du XIXe siècle, avec son ami le prêtre Gessho, également par noyade et pour des motivations en grande partie politiques, échoua, puisque Saigo fut ramené à la vie. C'est l'un des rares exemples qu'on connaisse d'un *shinju* projeté par deux hommes.

de la tétralogie est promis à l'éditeur. Si lancé qu'il soit dans l'action, Mishima règle encore sa vie par ses obligations d'écrivain : il se flatte de n'avoir jamais manqué à remettre un manuscrit à la date fixée. Tout est prévu, même, suprême courtoisie envers les assistants, ou suprême désir de conserver au corps sa dignité jusqu'au bout, les tampons d'ouate qui serviront à empêcher les entrailles de se vider pendant les convulsions de l'agonie. Mishima qui a dîné au restaurant le 24 novembre avec ses quatre affiliés se retire comme toutes les nuits pour travailler, achève son manuscrit ou lui fait les dernières retouches, le signe, le glisse dans une enveloppe qu'un employé de l'éditeur viendra chercher au cours de la matinée suivante. Le jour venu, il prend une douche, se rase méticuleusement, passe son uniforme du Bouclier sur un slip de coton blanc et sur la peau nue. Gestes quotidiens, mais qui prennent la solennité de ce qu'on ne refera plus. Avant de quitter son bureau, il a laissé sur la table un bout de papier : « La vie humaine est brève, mais je voudrais vivre toujours. » La phrase est caractéristique de tous les êtres assez ardents pour être insatiables. À bien y penser, il n'y a pas contradiction entre le fait que ces quelques mots ont été écrits à l'aube, et le fait que l'homme qui les a écrits sera mort avant la fin de la matinée.

Il laisse son manuscrit en évidence sur la table du vestibule. Les quatre affiliés l'attendent dans une voiture neuve achetée par Morita; Mishima a sa serviette de cuir contenant un précieux sabre du XVIIe siècle, l'une de ses plus chères possessions; la serviette contient aussi une dague. En route, on passe devant l'école où se trouve en ce moment l'aînée des deux enfants de l'écrivain, une fillette de onze ans, Noriko : « C'est le moment où dans un film on entendrait une musique sentimentale », plaisante Mishima. Preuve d'insensibilité ? Peut-être le contraire. Il est parfois plus facile de plaisanter de ce qui vous tient à cœur que de n'en pas parler du tout. Sans doute rit-il, de ce rire court et bruyant qu'on lui prête, et qui est la marque de ceux qui ne rient pas tout entiers. Puis, les cinq hommes chantent.

Les voici arrivés à leur but, le bâtiment du ministère de la Défense nationale. Cet homme qui, dans deux heures, sera mort, et qui, de toute façon, se propose de l'être, a cependant un dernier désir : parler aux troupes, dénoncer en leur présence l'état néfaste où il juge le pays plongé. Cet écrivain qui a constaté la perte de saveur des mots croit-il que la parole aura plus de puissance ? Sans doute veut-il multiplier les occasions d'exprimer publiquement les motifs de sa mort, pour qu'on ne s'efforce pas, plus tard, de les camoufler ou de les nier. Deux lettres écrites à des journalistes qu'il priait de se trouver sur place à ce moment-là, sans leur indiquer d'ailleurs pour quelles raisons, montrent qu'il craignait, d'ailleurs à bon droit, cette espèce de maquillage posthume. Peut-être aussi, ayant réussi à infuser quelque chose de son ardeur aux adhérents du Bouclier, croit-il possible d'en faire autant avec les quelques centaines d'hommes cantonnés là. Mais seul le général commandant en chef peut lui donner l'autorisation nécessaire. On a pris rendez-vous, sous prétexte de faire admirer au commandant le beau sabre signé d'un nom d'armurier célèbre. Mishima explique la présence des cadets en uniforme par une réunion de groupe où il va se rendre. Tandis que le général admire les marques délicates, presque invisibles, qui sillonnent l'acier poli, deux des affiliés le ligotent bras et jambes à son fauteuil. Deux autres et Mishima lui-même se hâtent de verrouiller ou de bloquer les portes. Les conjurés parlementent avec l'extérieur. Mishima exige le rassemblement des troupes auxquelles il s'adressera du balcon. Le général sera exécuté s'il refuse. On croit plus prudent d'acquiescer, mais au cours d'une tentative de résistance, venue trop tard, Mishima et Morita, qui gardaient la porte encore entrebâillée, ont blessé sept sous-ordres. Procédés terroristes, d'autant plus détestables pour nous que nous les avons trop vu employer, un peu partout, durant les dix ans qui nous séparent de cet incident. Mais Mishima tient à jouer jusqu'au bout sa dernière chance.

Les troupes en bas se rassemblent, environ huit cents hommes peu satisfaits d'être enlevés à leur routine de travail ou à leurs loisirs pour cette corvée inattendue. Le général attend patiemment. Mishima ouvre la porte-fenêtre, sort sur le balcon, bondit, en bon athlète, sur la balustrade : « Nous voyons le Japon se griser de prospérité et s'abîmer dans un néant de l'esprit... Nous allons lui restituer son image et mourir en le faisant. Se peut-il que vous ne teniez qu'à vivre, acceptant un monde où l'esprit est mort ?... L'armée protège ce même traité[1] qui lui dénie le droit d'exister... Le 21 octo-

1. Les accords japonais-américains, renouvelés un an plus tôt.

bre 1969, l'armée aurait dû s'emparer du pouvoir et demander la révision de la Constitution... Nos valeurs fondamentales, en tant que Japonais, sont menacées. L'Empereur n'a plus sa juste place au Japon... »

Des injures, des mots orduriers montent vers lui. Les dernières photographies le montrent, le poing crispé, la bouche ouverte, avec cette laideur particulière à l'homme qui crie ou qui hurle, jeu de physionomie qui dénote surtout un effort désespéré pour se faire entendre, mais qui rappelle péniblement les images de dictateurs ou de démagogues, de quelque bord qu'ils soient, qui depuis un demi-siècle ont empoisonné notre vie. Un des bruits du monde moderne s'ajoute bientôt aux huées : un hélicoptère qu'on a fait appeler tourne au-dessus de la cour, broyant tout de sa rumeur d'hélices.

D'un autre bond, Mishima reprend pied sur le balcon ; il rouvre la porte-fenêtre, suivi par Morita qui portait sur une bannière déroulée les mêmes protestations et les mêmes demandes, s'assied par terre, à un mètre du général, et accomplit point par point, avec une parfaite maîtrise, les gestes qu'on lui a vu faire dans le rôle du lieutenant Takeyama. L'atroce douleur fut-elle ce qu'il avait prévu et dont il avait essayé de s'instruire quand il avait mimé la mort ? Il avait demandé à Morita de ne pas le laisser souffrir trop longtemps. Le jeune homme abat son sabre, mais des larmes lui brouillent les yeux et ses mains tremblent. Il ne réussit qu'à infliger au mourant deux ou trois horribles entailles à la nuque et à l'épaule. « Donne ! » Furu-Koga prend dextrement le sabre, et d'un seul coup fait ce qu'il faut. Entre-temps, Morita s'est assis à terre à son tour, mais la force lui manque pour se faire, à l'aide de la dague qu'on a reprise à la main de Mishima, autre chose qu'une profonde égratignure. Le cas était prévu dans le code samouraï : le suicidé trop jeune ou trop vieux, trop faible ou trop hors de soi pour mener à bien la coupure, devait être décapité sur-le-champ. « Vas-y ! » C'est ce que fit Furu-Koga.

Le général s'incline autant que le lui permettent ses liens et murmure la prière bouddhiste pour les morts : « *Namu Amida Butsu !* » Ce général dont nous n'attendions rien se conduit fort convenablement devant le drame atroce et imprévu dont il est témoin. « Ne continuez pas ce carnage ; c'est inutile. » Les trois jeunes gens répondent d'une seule voix qu'ils ont promis de ne pas mourir. « Pleurez tout votre saoul, mais tenez-vous quand on rouvrira les portes. » Objurgation un peu sèche, mais qui valait mieux, en présence de ces sanglots, qu'un ordre brutal de ne pas pleurer. « Couvrez décemment ces corps. » Les affiliés recouvrent le bas des corps de la tunique d'uniforme, et redressent, pleurant toujours, les deux têtes coupées. Et enfin, question qui se comprend de la part d'un chef : « Allez-vous me laisser voir à mes subordonnés ligoté de la sorte ? » On le délie ; on déverrouille ou débloque les portes ; les trois garçons tendent les mains aux menottes que tiennent toutes prêtes les policiers ; les journalistes se ruent dans la pièce où flotte une odeur de boucherie. Laissons-les faire leur métier.

Tournons-nous du côté de l'auditoire. « Il était fou », dit le Premier ministre, interrogé sur-le-champ. Le père a entendu les premières nouvelles, annonçant la harangue aux troupes, en écoutant la radio de midi ; sa réaction a été celle, typique, des familles : « Que d'ennuis il va me causer ! Il faudra faire des excuses aux autorités... » L'épouse, Yoko, a entendu à midi vingt la nouvelle de la mort, dans le taxi qui l'emmenait à un déjeuner. Interrogée plus tard, elle répondra qu'elle s'était attendue au suicide, mais plutôt dans un an ou deux. (« Yoko n'a pas d'imagination », avait dit un jour Mishima [1].) La seule parole émouvante est prononcée par la mère, lorsqu'elle accueille les visiteurs venus rendre hommage. « Ne le plaignez pas. Pour la première fois de sa vie, il a fait ce qu'il désirait faire. » Elle exagérait sans doute, mais Mishima lui-même avait écrit en juillet 1969 : « Quand je revis en pensée les vingt-cinq dernières années, leur vide me remplit d'étonnement. À peine puis-je dire avoir vécu. » Même au cours de la vie la plus éclatante et la plus comblée, ce que l'on veut vraiment faire est rarement accompli, et, des profondeurs ou des hauteurs du Vide, ce qui a été, et ce qui n'a pas été, semblent également des mirages ou des songes.

On possède une photographie de la famille assise sur une rangée de chaises, au cours de la cérémonie de commémoration funèbre, qui, en dépit d'une

1. Il se peut en effet que l'imagination japonaise ne soit pas souvent tournée vers le dehors et vers autrui. Mais il semble que Mishima méconnaissait certaines qualités de la vive jeune femme. Dans plus d'une occasion, et en particulier quand il s'est agi de défendre les jeunes complices du suicide de son mari, et de faire réduire leur peine de prison, Yoko Mishima a montré du courage, et ce sens des réalités qui semble jamais ne l'abandonner.

désapprobation presque générale du *seppuku*, attira des milliers de personnes. (Il semble que cet acte violent eût profondément dérangé des gens installés dans un monde qui leur paraissait sans problèmes. Le prendre au sérieux, c'eût été renier leur adaptation à la défaite et au progrès de la modernisation ainsi qu'à la prospérité qui avait suivi celle-ci. Mieux valait ne voir dans ce geste qu'un mélange héroïque et absurde de littérature, de théâtre, et de besoin de faire parler de soi.) Azusa, le père, Shizue, la mère, Yoko la femme, avaient chacun sans doute leur jugement ou leurs interprétations bien à eux. On les voit de profil, la mère penchant un peu la tête, les mains jointes, et à qui la douleur donne un air maussade ; le père redressé, se tenant bien, probablement conscient qu'il est photographié ; Yoko jolie et impénétrable comme toujours ; et, plus près de nous, sur la même rangée, Kawabata, le vieux romancier ayant reçu le prix Nobel l'année précédente, le maître et l'ami du défunt. Ce visage émacié de vieillard est d'une extrême finesse ; la tristesse s'y lit comme sous un transparent. Un an plus tard, Kawabata se suicidait, sans rite héroïque (il se contenta de tourner le robinet du gaz), et on l'avait entendu dire au cours de l'année qu'il avait reçu la visitation de Mishima.

Et maintenant, gardée en réserve pour la fin, la dernière image et la plus traumatisante ; si bouleversante qu'elle a rarement été reproduite. Deux têtes sur le tapis sans doute acrylique du bureau du général, placées l'une à côté de l'autre comme des quilles, se touchant presque. Deux têtes, boules inertes, deux cerveaux que n'irrigue plus le sang, deux ordinateurs arrêtés dans leur tâche, qui ne trient plus et ne décodent plus le perpétuel flux d'images, d'impressions, d'incitations et de réponses qui par millions passent chaque jour à travers un être, formant toutes ensemble ce qu'on appelle la vie de l'esprit, et même celle des sens, et motivant et dirigeant les mouvements du reste du corps. Deux têtes coupées, « allées en d'autres mondes où règne une autre loi », qui produisent quand on les contemple plus de stupeur que d'horreur. Les jugements de valeur, qu'ils soient moraux, politiques, ou esthétiques, sont en leur présence, momentanément du moins, réduits au silence. La notion qui s'impose est plus déroutante et plus simple : parmi les myriades de choses qui sont, et qui ont été, ces deux têtes ont été; elles sont. Ce qui remplit ces yeux sans regard n'est plus la bannière déroulée des protestations politiques, ni aucune autre image intellectuelle ou charnelle, ni même le Vide qu'avait contemplé Honda, et qui semble tout à coup rien qu'un concept ou qu'un symbole resté somme toute trop humain. Deux objets, débris déjà quasi inorganiques de structures détruites, et qui, eux aussi, ne seront plus, une fois passés par le feu, que résidus minéraux et cendres; pas même sujets de méditation, parce que les données nous manquent pour méditer sur eux. Deux épaves, roulées par la Rivière de l'Action, que l'immense vague a laissées pour un moment à sec sur le sable, puis qu'elle remporte.

ŒUVRES DE MARGUERITE YOURCENAR

Romans et Nouvelles

ALEXIS OU LE TRAITÉ DU VAIN COMBAT – LE COUP DE GRÂCE (Gallimard, 1971).

LA NOUVELLE EURYDICE (Grasset, 1931, épuisé).

DENIER DU RÊVE (Gallimard, 1971).

NOUVELLES ORIENTALES (Gallimard, 1963).

MÉMOIRES D'HADRIEN (édition illustrée, Gallimard, 1971 ; édition courante, Gallimard, 1974).

L'ŒUVRE AU NOIR (Gallimard, 1968).

ANNA, SOROR... (Gallimard, 1981).

COMME L'EAU QUI COULE (*Anna, soror... — Un homme obscur— Une belle matinée*) (Gallimard, 1982).

UN HOMME OBSCUR – UNE BELLE MATINÉE (Gallimard, 1985).

CONTE BLEU – LE PREMIER SOIR – MALÉFICE (Gallimard, 1993).

Essais et Mémoires

PINDARE (Grasset, 1932, *épuisé*).

SOUS BÉNÉFICE D'INVENTAIRE (Gallimard, 1962; édition définitive, 1978).

LE LABYRINTHE DU MONDE, I : SOUVENIRS PIEUX (Gallimard, 1974).

LE LABYRINTHE DU MONDE, II : ARCHIVES DU NORD (Gallimard, 1977).

LE LABYRINTHE DU MONDE, III : QUOI? L'ÉTERNITÉ (Gallimard, 1988).

MISHIMA OU LA VISION DU VIDE (Gallimard, 1981).

LE TEMPS, CE GRAND SCULPTEUR (Gallimard, 1983).

EN PÈLERIN ET EN ÉTRANGER (Gallimard, 1989).

LE TOUR DE LA PRISON (Gallimard, 1991).

*

DISCOURS DE RÉCEPTION DE MARGUERITE YOURCENAR à l'Académie Royale belge de Langue et de Littérature françaises précédé du discours de bienvenue de CARLO BRONNE (Gallimard, 1971).

DISCOURS DE RÉCEPTION À L'ACADÉMIE FRANÇAISE DE Mme M. YOURCENAR et RÉPONSE DE M. J. D'ORMESSON (Gallimard, 1981).

Théâtre

THÉÂTRE I : RENDRE À CÉSAR. – LA PETITE SIRÈNE. – LE DIALOGUE DANS LE MARÉCAGE (Gallimard, 1971).

THÉÂTRE II : ÉLECTRE OU LA CHUTE DES MASQUES. – LE MYSTÈRE D'ALCESTE. – QUI N'A PAS SON MINOTAURE ? (Gallimard, 1971).

Poèmes et Poèmes en prose

FEUX (Gallimard, 1974).

LES CHARITÉS D'ALCIPPE, nouvelle édition (Gallimard, 1984).

Traductions

Virginia Woolf : LES VAGUES (Stock, 1937).

Henry James : CE QUE SAVAIT MAISIE (Laffont, 1947).

PRÉSENTATION CRITIQUE DE CONSTANTIN CAVAFY, suivie d'une traduction intégrale des POÈMES par M. Yourcenar et C. Dimaras (Gallimard, 1958).

FLEUVE PROFOND, SOMBRE RIVIÈRE, « Negro Spirituals », commentaires et traductions (Gallimard, 1964).

PRÉSENTATION CRITIQUE D'HORTENSE FLEXNER, suivie d'un choix de POÈMES (Gallimard, 1969).

LA COURONNE ET LA LYRE, présentation critique et traductions d'un choix de poètes grecs (Gallimard, 1979).

James Baldwin : LE COIN DES « AMEN » (Gallimard, 1983).

Yukio Mishima : CINQ NÔ MODERNES (Gallimard, 1984).

BLUES ET GOSPELS, textes traduits et présentés par Marguerite Yourcenar, images réunies par Jerry Wilson (Gallimard, 1984).

LA VOIX DES CHOSES, textes recueillis par Marguerite Yourcenar, photographies de Jerry Wilson (Gallimard, 1987).

Collection « Biblos »

SOUVENIRS PIEUX – ARCHIVES DU NORD – QUOI ? L'ÉTERNITÉ (LE LABYRINTHE DU MONDE, I, II, III).

Collection « La Pléiade »

ŒUVRES ROMANESQUES : ALEXIS OU LE TRAITÉ DU VAIN COMBAT – LE COUP DE GRÂCE – DENIER DU RÊVE – MÉMOIRES D'HADRIEN – L'ŒUVRE AU NOIR – COMME L'EAU QUI COULE – FEUX – NOUVELLES ORIENTALES (Gallimard, 1982).

ESSAIS ET MÉMOIRES : ESSAIS : SOUS BÉNÉFICE D'INVENTAIRE – MISHIMA OU LA VISION DU VIDE – LE TEMPS, CE GRAND SCULPTEUR – EN PÈLERIN ET EN ÉTRANGER – LE TOUR DE LA PRISON – MÉMOIRES : LE LABYRINTHE DU MONDE (SOUVENIRS PIEUX, ARCHIVES DU NORD, QUOI ? L'ÉTERNITÉ) – « TEXTES OUBLIÉS » : PINDARE – LES SONGES ET LES SORTS – DOSSIER DES « SONGES ET LES SORTS » – ARTICLES NON RECUEILLIS : DIAGNOSTIC DE L'EUROPE – LA SYMPHONIE HÉROÏQUE – ESSAI DE GÉNÉALOGIE DU SAINT – LE CHANGEUR D'OR (Gallimard, 1991).

Collection « Folio »

ALEXIS OU LE TRAITÉ DU VAIN COMBAT, *suivi de* LE COUP DE GRÂCE.

MÉMOIRES D'HADRIEN.

L'ŒUVRE AU NOIR.

SOUVENIRS PIEUX (LE LABYRINTHE DU MONDE, I).

ARCHIVES DU NORD (LE LABYRINTHE DU MONDE, II).

QUOI? L'ÉTERNITÉ (LE LABYRINTHE DU MONDE, III).

ANNA SOROR.

Collection « Folio essais »

SOUS BÉNÉFICE D'INVENTAIRE, *n° 110.*

LE TEMPS, CE GRAND SCULPTEUR, *n° 175.*

Collection « L'imaginaire »

NOUVELLES ORIENTALES.

DENIER DU RÊVE.

Collection « Le Manteau d'Arlequin »

LE DIALOGUE DANS LE MARÉCAGE.

Collection « Poésie/Gallimard »

FLEUVE PROFOND, SOMBRE RIVIÈRE, « Negro Spirituals », commentaires et traductions.

PRÉSENTATION CRITIQUE DE CONSTANTIN CAVAFY, suivie d'une traduction intégrale des POÈMES par M. Yourcenar et C. Dimaras.

LA COURONNE ET LA LYRE.

Collection « Enfantimages »

NOTRE-DAME DES HIRONDELLES, avec illustrations de Georges Lemoine.

Collection « Folio Cadet »

COMMENT WANG-FÔ FUT SAUVÉ, texte abrégé par l'auteur, avec illustrations de Georges Lemoine, *n° 67*.

Album Jeunesse

LE CHEVAL NOIR À TÊTE BLANCHE, présentation et traduction de contes d'enfants indiens. Illustration collective.

Impression Bussière à Saint-Amand (Cher),
le 14 mai 1993.
Dépôt légal : mai 1993.
Numéro d'imprimeur : 1361.
ISBN 2-07-038719-4./Imprimé en France.

63907